講談社文庫

掟上今日子の退職願

西尾維新

講談社

掟上《おきてがみ》今日子《きょうこ》の退職願《たいしょくねがい》

第一話　掟上今日子のバラバラ死体

1

佐和沢《さわざわ》警部は、

（人の心ってのは、最初からてんでバラバラにできているのかもしれない）

という風に思う——現在捜査中の事件の概要を考えるにあたってだ。

ああも凄惨《せいさん》な犯行に及んだ犯人のことを絶対に許さない、許せない、何がなんでも検挙してみせるという気持ちと、あんな被害者はあんな目に遭《あ》わされても当然だという気持ちが、まるで正反対なのにきっちり両立している——綱引きをすることも、打ち消し合うこともなく、どちらの気持ちも『バラバラ』に、彼女の心の中にある。

現場指揮を取る当該事件のことだけに集中しようと思う一方で、同僚が担当している他の事件のことも気になるし、そうかと思えば、前の事件でかかった経費の申請を早く終えなければというような懸念《けねん》もある。

一刻も早く事件を解決したいという気持ちは、もちろん正義感や職業意識に根ざすものかと思いきや、頭の中では、この事件にけりをつけることができたら、途中で止まっていた推理小説の続きを読もうなんて、そんなスケジューリングも組み立てている――仕事のことで悩みながら、同時に、私生活での人間関係でも悩んでいる。

いろんな気持ちがそれぞれ同時進行している。

同じ気持ちが、ぜんぜん違う思いから成立している。

(人の心は複雑――だから、バラバラなんだ)

まるで心の中にたくさんの自分がいるかのようで、考えてみればおぞましくもある――だが、『おぞましい』と思いつつ、やはり同時に『でも、そんなのは当たり前のことだ』という理解も進む。

まるで多重人格ごっこだ。

バラバラの心のひとかけらが、『そんなことを考えている暇があったら、さっさと事件の犯人を特定しろ』と言う――もっともである。

その気持ちが正義感なのか、倫理観なのか、職業意識なのか、読書欲なのか、わからないままに――佐和沢警部は、忘却探偵に連絡を入れることにした。

その架電もまた、今、世間をにぎわすバラバラ殺人事件を解決に導きたいからなのか、それともあの、眼鏡をかけた白髪の探偵に、久し振りに会いたいからなのか、わからなかった——たぶん、どちらの気持ちも、本当なのだろう。

2

「初めまして。忘却探偵の掟上《おきてがみ》今日子《きょうこ》です」

待ち合わせた喫茶店に現れた彼女は、にこやかな笑顔と共にそんなことを言った——実際には、佐和沢警部と彼女が会うのは五度目だし、うち、こうして事件解決のために、つまり警察官として仕事の依頼をするのは三度目になるのだが、彼女はまったく初対面の振る舞いである。

忘れっぽい。

のではない——完全に忘れているのだ。

それが忘却探偵、掟上今日子——今日子さんである。

「初めまして、私は佐和沢と言います」

佐和沢警部からすれば——彼女と共に立ち向かった、これまでの難事件のことを思えば——今日子さんは、とても忘れられるような印象の相手ではないのだが、忘却探偵に対するときのマナーとしてそう足並みを合わせ、ぺこりと頭を下げる。

今日の今日子さんは、ロングジレ姿という出で立ちだった。

これから仕事の話をしようというときに、探偵のファッションセンスに気を取られるなんて不謹慎だと自らを律する気持ちと、それでもお洒落《しゃれ》なものはお洒落だという気持ちが、やはりバラバラに両立する。

（だいたい、それを言うなら私の中には、警察官でありながら、事件解決を探偵に頼るのを不甲斐《ふがい》ないと思う気持ちと――今日子さんと共に仕事ができて光栄だという気持ちの、両方がある）

どちらが本当の気持ちだというわけではないし――どちらが正しいというわけでもないのだ。

強いて言うなら、これはどちらも間違っている。

忘却探偵。

記憶が一日しか持たず、寝て起きたら『昨日の出来事』を綺麗《きれい》さっぱり忘れてしまう今日子さんは、ほとんど、全警察機関公認の探偵である――どれだけ頼ろうと、それは記録どころか記憶にも残らないのだから、それを『不甲斐ない』なんて後ろめたく思う必要はないのだ。

警察が民間の探偵事務所に、捜査を依頼した――なんて見様によっては不名誉な事実は、すぐに忘れられる。どころか、忘却探偵ゆえに『どんな事件でも一日で解決する（一日で解決しなければ捜査内容を忘れてしまうから）』という、『最速の探偵』としての今日子さんの探偵スキルの高さは、折り紙つきである。事件が手に負えないときのみならず、事件の解決をどうしても急がねばならないとき、彼女の個人事務所に電話をかけているのは、佐和沢警部だけがやっていることではない。

だが、それゆえに、『共に仕事ができて光栄だ』という気持ちも、本当のところ、成立しないのである——だって、そんな『合同捜査』は、明日には、なかったことになってしまうのだから。

（それを『寂しい』とエモーショナルに感じながらも、同じくらい『機密事項が漏洩《ろうえい》する心配がなくて助かる』と感じているんだから、やっぱりバラバラなんだよなあ——）

「佐和沢さん。そんなお若いのに、警部さんなんですね——キャリアさんなのですね。憧《あこが》れちゃいます」

ブラックコーヒーを注文してから、今日子さんは、そんなことを言う——この会話も五度目になる。

若いと言うなら今日子さんも若い。

正確な年齢は知らないが、たぶん、佐和沢警部よりも一つ二つ上というくらいだろう——こんな若い女性が、一人で探偵事務所を切り盛りし、あまつさえ、警察機関を相手に対等な関係を築いている事実に、いつもながら感心する。

キャリアなんて言われると、だから、恥ずかしくなる——これまでの『合同捜査』で佐和沢警部が見せた醜態《しゅうたい》を、彼女がすっかり忘れているのが救いと言えば救いだが、同時にそれは、仕事相手を騙《だま》しているかのような救われなさでもあった。

（バラバラ――）

「それで、いただけるのはどういったご依頼でしょうか、佐和沢警部。電話では詳しいことは話せないということでしたが――」

「あ、ええ。はい」

自己紹介と社交辞令もそこそこに、最速の探偵が仕事の話に入ったので、佐和沢警部は慌てて姿勢をただす。

午前中の喫茶店はがらがらだったけれど、それでも一応、声を潜《ひそ》めて、

「この近くのマンションであった、バラバラ殺人事件をご存知ですか？」

と、切り出した――そして、

（何を言ってるんだ、私は）

と、首を振る。

（昨日のことさえ忘れてしまう忘却探偵が、一週間前にあった事件のことを、知っているわけがないじゃないか）

やっぱり今回は一人で来てよかった、と思う――年上の部下の前で、このような無様《ぶざま》な振る舞いを見せたくない。伝説的にさえ語られる、警察機関内にその雷名を轟《とどろ》かす忘

却探偵を前に緊張しているのは確かだが、彼女が美人だから、同性として気後《きおく》れしているのだと思われるのは、心外だった。

（いや、そういう側面も、たぶんにないとは言えないんだけど――）

だが、それを言い出したら、ネジがゆるんでいるのか、ぐらつく椅子《いす》の座り心地が微妙に悪いことだって、緊張している理由のひとつになるだろう。

バラバラの気持ち――ひとつにはまとまらない。

いずれにしろ、追加の説明が必要だと思った佐和沢警部だったのだが、今日子さんの返事は、

「はい、存じ上げております」

だった。

「え？　忘却探偵なのに？」

「忘却探偵も、新聞くらいは読みますので。佐和沢警部からご依頼の電話をいただいてから、とりあえず、ここ二週間ぶんほどの報道に眼を通しておきました――ですから、仰っている事件のことも、おおむねは把握《はあく》しております」

ああ、そうか。そうだった。

この人は予習を怠《おこた》らないのだ――依頼人に会うときには、既に事件を解決してしまっていることも、ままあると言う。

最速の探偵である。

今回はことがことだけに、電話では詳細を伏せた佐和沢警部だったが、それでも予習をおこなうあたり、姿勢が徹底している——自分だったら、『どうせ明日には忘れてしまう』下拵《したごしら》えなんて、徒労感が強過ぎて、とてもできないと思ってしまう。

「とは言え、ことがバラバラ殺人ですからね。報道には相当の規制がかかっているように見受けられました——なので、佐和沢警部からのご依頼が、その事件の解決ということでしたら、詳細を教えていただいてもよろしいでしょうか」

と、莞爾《かんじ》として笑う今日子さん。

「ご安心ください。どんな捜査上の機密も、個人情報も、私は明日には、忘れてしまいますから——忘却探偵ですから」

「……ええ」

そう、忘れてしまう。

事件のことも——私のことも。

3

バラバラ殺人。

なんてものは、現実には滅多《めった》に起こらない――推理小説ではおなじみのフレーズではあるけれど、実際の事件においては、『死体損壊』あたりがせいぜいである。

現実に起こるバラバラ殺人は、『高いところから突き落とした』とか『線路に突き飛ばして電車に轢《ひ》かせた』とか、そういった『結果として』のバラバラ殺人であることが多い。

それだけに、佐和沢警部は驚いた。

およそ猟奇的としか言いようのない、今回の事件について――あるいはそれゆえに、頭がひどく混乱してしまい、こうして探偵に頼らざるを得なくなったとも言える。

「被害者は、聖野帳《ひじりのとばり》さん――三十七歳、男性です」

と、手帳を見ながら、事件概要の説明を開始する佐和沢警部。この一週間、自分でも何度も読み返したメモなので、見なくても説明できるくらいだったが、万が一にも間違いがあってはならない。

「聖野帳さん」

今日子さんは、その被害者名を復唱した。

彼女はメモを取らない。

守秘義務絶対厳守の探偵として、基本的には記録の類《たぐい》も取らないのである――ちなみに、一日ですべてを忘れてしまう探偵は、一日以内の記憶力は、極めて優れている。

「報道では、被害者さんのお名前からして伏せられておりましたが、なんとも素敵なお名前だったのですね」

「お名前は素敵ですが、お人柄のほうは、あまり素敵ではありませんでした」

佐和沢警部は言う。

死者の悪口を言うことになってしまうけれど、これは事件を語る上では避けられない情報だ。

「なんと言うか……、なんとも言えないほど、恨まれやすい人だったようです。周囲の評判は、はっきり言って、最悪でしてね——『あんな奴、殺されて当然だ』と、みなが異口同音に証言しました」

「あらら」

とぼけたように微笑《ほほえ》む今日子さん。

ここで微笑まれても困るのだが。

(精神的にタフなんだろうな……)

逆に、佐和沢警部はメンタルに自信があるほうではなかったので、被害者が生前おこなっていた、数々の『悪事』を思うだけで、意欲減退してしまう——大袈裟《おおげさ》でなく、人間という生き物に絶望したくなる。

報道で聖野帳の名前が伏せられて、一律に無職男性（37）となっていたのは、必ずしも被害者のプライバシーや人権に配慮があったからではないのだ——常軌を逸したろくでなしだった彼のことを、ありのままにメディアに載せることができなかったと言うのが、正確なところである。

どういう形であれ、彼の名前が新聞に載ることで、傷つく人の数が多過ぎた——そんな二次被害のことを思うと、真実を追求するジャーナリストでさえ、誰もが自然、及び腰にならざるを得なかった。

(そんな自主規制が捜査の進展を妨《さまた》げているところもあるんだけれど……、致し方ないというものだ)

「死ねばみんな仏さまというわけには、なかなかいかないものなんですねえ」

しみじみと感じ入ったように、今日子さんは言う——具体的に開示された、被害者の悪行を聞いても、まったく応えた風はない。

タフ過ぎる。

あるいは、聞くだけで気分の悪くなる概要も、どうせ明日になれば忘れてしまうものなのだからと、朗《ほが》らかに受け流すすべが身についているのかもしれない。

忘却探偵はトラウマやフラッシュバックとはとことん無縁だ。

「……そんなわけで、容疑者の数も、天文学的な数字にのぼっていましてね。事情聴取だけでも、かなり難航していると言わざるを得ません」

天文学的な数字、というのは、さすがにオーバーな表現なのだが、佐和沢警部がこれまでに担当した事件の中で、容疑者の数が、群を抜いているのは確かだった——普通、殺人事件が起きれば、犯人は動機から絞り込める。

現代社会の法治国家において、『相手を殺したいほどの動機』を持つ者は、極めて限られるからだ。大抵の場合、被害者の周辺を探れば、容疑者はすぐさま特定できる——だが、今回はそうはいかなかった。

「はっきり言えば、聖野帳の周辺の人間、全員が容疑者なんですよ——彼を恨んでいない人間はいません」

「でも、お友達だっていたんじゃないんですか？　全員に嫌われていたら、生活がたちゆかなくなるでしょう？」

「そりゃあ、お友達と言うか、利害関係でつながっている相手はいたようですが——そういう人物でも、決して好きで付き合っていたわけではないらしく。『死んでせいせいする』という台詞《せりふ》を、いったい何度聞いたことか、わかりません。『自分が殺したかったのに、先を越された』という台詞も」

「世知辛《せちがら》いですねえ」

困ったように、今日子さんは頷《うなず》く。

困られても困る——と思う一方、『困り顔もキュートだな』と、バラバラに思う。

ただ今日子さんは、そんな悪党がのさばっていた社会問題をおもんぱかっているのではなく、制限時間のある探偵として、単純に容疑者が多過ぎることに対して、『どうしたものか』と考えているだけのようだった。

見るからに優しげだし、穏やかそうな今日子さんなのだが、そのあたりはドライと言うか、とことん現実的なのだった――被害者に同情しないいし、容疑者に肩入れしない。

プロフェッショナルと言えばプロフェッショナルなのだろうし、警察官として、そんな姿勢を見習わなくてはならないと思うのだが、佐和沢警部は、

(この人は、結局、淡泊なんだよなあ)

と、どうしても考えてしまう。

これもバラバラの一環であり、一貫性のなさだった。

(そう、バラバラ……)

「容疑者のリストを読み上げるのは、後ほどにさせていただきます。先に、被害者が、どんな風に殺されたのかを、お話しさせてください」

「ええ。それは報道でも、さすがに多少は触れられていましたね――バラバラ殺人。被害者のご遺体は、何分割もされていたとか」

「違います」

佐和沢警部が否定すると、今日子さんはきょとんとした――自分が読んだ新聞記事に

誤りがあったのかと思ったのだろう。まさか誤報だったのか、と。

だが、佐和沢警部が否定したのは、そういう意味ではなかった。それもまた、誤報ではなく、報道規制と言える。

「何分割、ではありません――十何分割、です」

「じゅうなん」

「分割。だから、まごうことなきバラバラ殺人なんですよ――ぶつ切りでした」

佐和沢警部は写真で見ただけだが、それでもこの一週間、ろくに食事ができなくなるような、凄惨そのものの死体の状況だった。普通、『バラバラ死体』と言ったって、手足が切断されているとか、胴体がまっぷたつにされているとか、首が斬《き》られているとか、イメージされるのはその程度だ。

しかし、聖野帳の死体は、いっそ執拗《しつよう》なまでに、切り刻まれていた――言うなら、周辺に聞き取り調査をおこなうまでもなく、強い恨みを感じさせる有様だった。

何があれば、人がここまで、人を寸刻みにしようと思うのだろう。

「現場に遺されていた凶器は、ノコギリでした。大木を伐《き》り倒すときに使うような、かなり専門的なノコギリだったんですが、刃が欠けてぼろぼろになっていましたよ。もう使い物にならないくらいに」

あるいは、ノコギリが使い物にならなくなったからこそ、それ以上死体を『バラバラ』にするのを諦《あきら》めたのかもしれない――刃が持てば、もっと相手を、切り刻みたかったのかも。

「ノコギリ……はあ」

今日子さんは呟《つぶや》く。

「でも、刃物一本で人間をバラバラにしたって言うのも、なかなか強烈なお話ですね。お魚屋さんが、巨大鮪《まぐろ》の解体ショーを、小さな包丁一本でおこなうようなものでしょうか」

どこに感心しているのだ。

精神的にタフである以上に、この人はどこか、天然っぽいところもあった。

天然鮪という意味合いではなく。

「ちなみに、現場から持ち去られていた部位はなかったのですか？　つまり、バラバラにされた聖野帳さんのご遺体は、全部、揃《そろ》っていたのでしょうか」

報道で伏せられている情報は、どうやら想定よりも多いらしいと判断したらしく、今日子さんはそんなつっこんだ質問をしてきた――天然っぽい割に、質問は的確だ。

あたかも『戦利品』や『記念品』のように、被害者の身体の一部を持って帰るというのは、猟奇的なバラバラ殺人には、つきものではあるが。

「揃っていました――拐帯《かいたい》されて、欠けている部分は、なかったそうです」

立ち会ったわけではないので、その辺りの情報は伝聞になってしまうが――しかし、伝聞でよかったと、心から思う。バラバラになった死体を、立体パズルみたいに組み立てることになった鑑識係には同情を禁じ得ない……。

「……………」

と、そこで今日子さんは思案顔をした。

いつもにこにこしている忘却探偵が、まれに見せる表情だ――引っかかる情報があったということだろう。

「……どうかされましたか？　今日子さん。何かおかしな点でも？」

「いえ、とりあえず、最後まで聞かせてください。被害者は、ノコギリ一本でバラバラにされたとのことでしたが、だとすると、解体現場は、バスルームだったのでしょうか――とても、リビングでできる作業ではありませんよね？」

「ええ、そのようです」

なんというか、その辺りの扱いはかなり雑だった。

バラバラにした死体の部位を、積み重ねるように詰め込むように、バスタブの中に放り込んでいた――『戦利品』や『記念品』なんて扱いでは、まったくなく。

「酷い言いかたですが……、まるでゴミをゴミ箱にでもまとめるように、ぽんぽん放り込んだという印象でした」

「……んー」

思案顔は続く。

グロテスクとさえ言える現場状況に、気分を悪くした――わけでないことは明白だけれど、いったい何が疑問なのだろう。まだ詮索《せんさく》すべきではないだろうが、佐和沢警部が、気持ち悪くなって、考えが至っていない部分に、最速の探偵は、既に到着しているのかもしれない。

「……お話だけ伺っていると、あまり隠蔽《いんぺい》工作をおこなったという風ではありませんが――再確認させてください、佐和沢警部。被害者の指紋が持ち去られているとか、顔が剝《は》がされているとか、そういうこともなかったんですね？」

「はい、ありませんでした」

そうか、そういうパターンもあるか。

網羅主義の忘却探偵らしい尺度に則《のっと》った質問だ――『結果として』や、『戦利品』『記念品』とは違う、『バラバラ死体』である。遺体をバラバラにすることで、死体の氏素性《うじすじょう》をわからなくしようという目的意識――まあ、猟奇的であることに違いはないが、しかしより実際的ではある。

ただ――そんなことはされていなかった。

死体から隠蔽の意図は感じられない。

だいたい、被害者の自宅のバスルームで解体しておいて、匿名性《とくめいせい》もないだろう。

「別人の死体という可能性もない」

「ありません」

百年前なら成立したかもしれないトリックだが、科学捜査全盛の現代では、どんな細かい部位からでも、個人の特定は容易だ。

と、言うか。

『バラバラ』に限らず、犯人はまったく、犯行を隠蔽しようとした様子はない——部屋を出る際、鍵《かぎ》さえかけていないのだ。むしろさっさと死体を発見して、聖野帳の死を世間に公開して欲しいといわんばかりだった——自分がなした行為を、正義のそれだとでも思っていたのだろうか。

(ふざけやがって)

という怒りと——

(まあ、正義と言えば正義なんだよなあ)

という納得が、彼女の中で両立する。

統一されない——実際のところ、対立だってしていない。

聖野帳の死によってどれだけの人が救われたのか、それを認めないわけにはいかないのだ——それと、佐和沢警部の仕事は別ではあるのだが。

「ただ、そうは言っても犯人は、現場に自分の痕跡《こんせき》を残さないことには、かなり気を使ったようです。怪しい指紋や、犯人に繋がるような髪の毛などはありませんでした。たぶん、現場に凶器のノコギリを置いていったのも、無頓着《むとんちゃく》だからと言うより、そんなものを現場から持ち帰って、証拠になっては困るという考えかたからでしょう」

「でしょうね。まあ、刃のつぶれたノコギリじゃ、もう使えませんものね」

それも論点がズレているが。

しないだろう、再利用なんて。

「マンション内の防犯カメラにも、写らないよう気を遣っているようですし——目撃者が今のところ皆無であることを思うと、相当練《ね》りに練って、犯行に及んだことは間違いないんです」

逆に言うと、それだけに、死体に対する粗雑な扱いが、際立つ——それ以外の部分では、丁寧《ていねい》とさえ言っていいほどに徹底して気配や感情を消している犯人が、被害者を『バラバラ』にする工程に限っては、あまりに乱暴なのだ。

恨みの深さを。

情念の強さを思わせる。

(あるいは——犯人の心も、『バラバラ』なのか)

被害者の死体よりもバラバラで。

統合されていないパズルなのかもしれない。

「ふむ……しかし、佐和沢警部」

と、今日子さんは、そこでこちらに向き直った。

「現場の状況は了解しましたが、しかし、それだけでは、私にご依頼いただけるとは思えません。確かに、機密性の高い案件だとはお見受けしますけれど、しかし果たして忘却探偵の出る幕でしょうか？　容疑者が多過ぎるというのは、それは捜査を難航させはするでしょうが、容疑者が見当たらないよりは、ずっといいはずです――時間をかけて、地道に聴取を進めれば、いずれ犯人は明らかになるのではありませんか？」

そう言われると一言もない。

実際、今日子さんに依頼をするべきかどうか、迷うところではあったのだ――その裏に、また今日子さんと一緒に捜査をしたいという、個人的な感情がなかったとは、やっぱり言えない。

裏ではなく、それこそ表かもしれない。

彼女に対して勝手に感じている友情を看破されてしまったかのようで、落ち着かない気分になる佐和沢警部だったが、されど、それだけというわけでもなかった。

報道に規制がかかっていると言っても、人の口に戸は立てられない――騒ぎになっている世間を鎮めるためにも、一日も早い解決が望まれる。

というだけでも、ない。

問題があるのだ。

最速の探偵にして忘却探偵の、助力を得なければ、とても解けそうもない問題が。

「容疑者は、確かに大勢いるんです。数え切れないくらいに」

佐和沢警部は言う。

「ですが——数え切れない容疑者全員に、アリバイがあるんですよ」

「はい？」

「つまり——被害者を殺し、バラバラにできた人物は、容疑者の中には一人もいないということなんです」

4

途中、彼女の中で一度ならず審議もあったようだが、最終的に今日子さんは、置手紙《おきてがみ》探偵事務所として、佐和沢警部からの依頼を受領してくれた。

実際、難事件を持ち込もうとしても、この時点で今日子さんから断られるケースも、ざらにあるそうなのだ——推理小説に登場する名探偵のように、『魅力的な謎《なぞ》がそこにない限り、捜査には乗り出さない』というわけではない。

『どんな事件でも一日で解決する』忘却探偵は、裏を返せば『一日で解決できない事件は引き受けない』のだ。

できないことはできないと認めている。

長期にわたる地道な捜査や、時間のかかる調査活動――そういう依頼は不向きだと認めていて、だから、推理小説に登場する探偵にありがちな、警察機関を小馬鹿《こばか》にするような態度は、決して取らない。

当局から依頼があることを得意がるでもなく、あくまで下請《したう》けの分業ととらえているようだ――つまり、引き受けてくれたということは、今日子さんは今回のバラバラ殺人事件を、『一日で解決できる』と、見なしたということになる。

もちろん、それが見込み違いだったケースもないわけではないそうなので、まだ安心できないとは言え――心強い。

「では、現場に向かいましょうか、佐和沢警部」

ブラックコーヒーを飲み終えるや否や、今日子さんはそう言って席を立った――佐和沢警部は慌てて「い、今からですか？」と訊《き》く。

「はい。そのおつもりで、現場のマンション近くの喫茶店での待ち合わせにされたのではないのですか？」

いや、そのおつもりではあったが。

ただ、まだ心の準備ができていなかっただけだ――いくら刑事の仕事は現場百遍《ひゃっぺん》だと言っても、あんな地獄絵図みたいな現場に戻るのは、気が進まないなんてものじゃない。まあ、そんな地獄絵図の、一番酷い状態は見ていないのだが――人間がバラバラにされた場所というだけで、十分におぞましい。

しかしながら、今日子さんが行く気満々なのであれば、佐和沢警部が怖《お》じ気《け》づくわけにはいかない。

まさか一人で行かせるわけにもいかないし。

「バラバラのままバスタブに溜《た》められていたというご遺体の写真も、到着したら見せてくださいね」

あっけらかんとそんなことを言う。

　あっけらかんどころか、すちゃらかでさえある。

　まあ、まさか喫茶店で取り出すわけにもいかない写真だが――仕事上必要であっても、そんなものを見たいと言える今日子さんの心臓は、本当に強い。

というわけで、二人分の飲み物の支払いを終えて、佐和沢警部は忘却探偵を、事件現場へと案内するのだった――喫茶店から徒歩五分の位置に建つ年代物のマンション。

その三階に聖野帳は住んでいて。

そのバスルームで彼は殺された。

「凶器はノコギリと言いましたが、それは『バラバラ』にする際に使われた凶器であって、厳密に言うと、死因は絞殺《こうさつ》です――犯人は被害者の、首を絞めて殺したのちに、十何分割したんです」

「ふむ。首を絞めるのに使った凶器は？」

「洗濯物を干すときに使うロープですが、それも現場に残されていました。元々、被害者の所有物でベランダにあったものを、そのまま使ったようです」

「ふむ……」

そんな会話をしながら、マンション管理人から借りた鍵で、玄関を開ける――開けた途端、むわっと、嫌な臭いが漏れ出てきた。

気がした。

実際は事件から既に一週間が経過しているし、換気も清掃もされているはずなので、血の臭いがそんなに残っているはずもないのだが――つい、鼻を押さえてしまう。

見れば、今日子さんも、刺繍《ししゅう》のついたハンカチで、顔を押さえていたので、佐和沢警部が特に過敏ということでもないのだろうが。

典型的な男の一人暮らしの部屋。

狭くはないが広くもなく、散らかってはいないが、片づけられてもいない――被害者には親しい身内はいなかったので（『親しくない身内』ならいたが）、鑑識が引き上げたあとも、荷物はそのままになっているようだ。

「バスルームはこちらですかねー」

言いながら、臆《おく》せずそちらに向かう今日子さん。

臭いはより一層、強くなっていく――気がした。

まだバスタブの中に、死体の一部分でも残っているんじゃないかとさえ錯覚したが、もちろん、そんなことはなかった。

タイルには血のあとさえ残っておらず。

少なくとも表面上は、綺麗なものである。

(ルミノール検査でもしたら、LEDでも埋め込んであるかのごとく、バスルーム中が光り輝くんだろうけどな――)

「なるほどなるほど。思ったよりも、広いお風呂《ふろ》ですね――『バラバラ』の作業場として、バスルームというのはいささか窮屈《きゆうくつ》なんじゃないかと思っていましたが、これならぎりぎり、人間二人、入れそうです」

人間二人。被害者と犯人。

「そうですね……、聖野帳は小柄なほうでしたし――」

早速、『仕事』に入っているらしい今日子さんに、調子を合わせる佐和沢警部――内心はまだ、むせかえる臭気(のような気分)に、あてられて、まったく身が入っていないのだけれど。

　自分だったらたとえどんな事情があろうとも、たとえどんな動機があろうとも、普通よりは広いとは言ってもこんな密閉される空間で、そんな作業をしたいとは思えないが。

「お風呂場で解体作業をおこなう必然性は、切断面からあふれ出る血液を洗い流せるから——ですよね？」

　佐和沢警部が確認するように問うと、

「まあ、そうでしょうね」

　と、今日子さんは頷く。

「加えて、今回のケースでは、切り分けた部位を、バスタブにまとめたかったというのはあるかもしれません。最初から、十何分割まで寸刻みにするつもりだったなら、切断した部位が散らからないよう、プールする場所が必要だったでしょうからね」

「プールですか……」

　一瞬、バラバラにされた人体の部位がたっぷり張られた二十五メートルプールを想像してしまい、佐和沢警部は滅入った気分になった。もちろん今日子さんも、深い意味があって使ったわけじゃあないのだろうが。

「ただ——そうなると、わからないのは、犯人が被害者を、そこまでして、バラバラにしたかった理由なんですよ」

「バラバラにしたかった……理由？」

今日子さんが呈した疑問に、佐和沢警部は『今更、ここに来て？』みたいに、首を傾げた——それは、いくら現場の雰囲気にやられていてもわかる。

と言うか、わかりやすい話だと思うが。

「それは——それだけ、被害者が恨まれていたからでしょう？　恨み骨髄《こつずい》と言いますか……、首を絞めて殺すだけでは飽きたらず、その死体もバラバラにして、辱《はずかし》めなければ気が済まなかった。そういうことでしょう？」

「ええ。そうですね」

頷きつつ、今日子さんはまったく、佐和沢警部の見解——一般的見解——に、同意していないようだった。

確かに喫茶店でも、今日子さんは他の可能性ばかりを検討していたけれど……。

手早く靴下を脱いで、バスルーム内に入りつつ——恐れ知らずにもほどがある——今日子さんは、

「しかし、嫌いな人物の死体を、バラバラに切り刻んだからと言って、スカッとするもんなんですかねえ——より気分が悪くなりそうにも思いますけれど」

と言う。

「気分が——悪く。血の臭いで、ですか？」

「それももちろんありますけれど、人間一人をバラバラにするなんて、大仕事じゃありませんか。しかも、ノコギリ一本で。チェーンソーでも使ったって言うならまだしも、ですよ。なんでお金ももらえないのにこんな大変な思いをしなくちゃならないんだって、気分が悪くなるでしょう？」

なるほど、そういう意味か——確かに、お金をもらえたってやりたくない仕事だ。恨みが晴れるどころか、作業がうまくいかなくて、ストレスが増幅されるかもしれない。途中で『うまくいかないからもういいや』と、投げ出してしまってもおかしくないだろう——しかし、今回の犯人は、心中はどうあれ、やり遂げたはやり遂げた。

あれが『途中』だったとは思えない。

切断面の写真を見た限り——直視するのにかなりの勇気が必要だった——あまりいい手際ではなかったようだが。

「だから、バラバラにしたい理由——いえ、バラバラにしなければいけなかった理由が、犯人にあったのではないかという視点から、まずは推理を組み立ててみようかと思ったのですが……」

あんまりいいアイディアが思いつきませんねえ——と、今日子さんは、バスタブの中をのぞき込む。

それはなんというか、佐和沢警部にはなかった立脚点ではあるけれど……、いささか人の心を、一面的に捉《とら》え過ぎているようにも思えた。『疲れる』とか『ぐったりする』とか、そんな理由を超越するくらい、犯人は被害者を憎んでいて——損得の計算が立たなかったのではないか。

勘定よりも感情が先に立った。

そういうことなのでは。

「だいたい、それを言い出したら今日子さん、殺人という行為そのものが、不合理じゃないですか——それほど強い恨みを、犯人は被害者を憎んでいたと見るべきでは」

そして悩ましいのは、それほど強い恨みを持つ『犯人候補』が、わんさかいることなのだ——どうやって特定すればいい？

「筋肉痛の人を探すというのはどうでしょう」

そんな冗談みたいなことを言ってから、今日子さんは、「犯行の動機が、恨みとか、憎しみとかとは、必ずしも、限りませんけれどねえ」と、付け加えた。

「？　どういう意味ですか？　金銭目当ての犯行だったとでも？」

現場から財布やらの、金目のものがなくなったという様子はないらしいが——まあ、可能性だけの話をするなら、ありえなくもないのか？

網羅推理。

強盗殺人の可能性……。

「でも、強盗殺人なら、死体をバラバラにする理由はないでしょう？」

「どうでしょう。怨恨《えんこん》殺人に見せかけたかったのかもしれませんよ」

「……………」

　動機から犯人を特定されることを避けようと、現場から金品を持ち去り、怨恨殺人を強盗殺人に見せかけるという手口は聞いたことがあるが、その逆と言うのは、なかなか聞いたことがない。

　金目当ての強盗殺人を、怨恨殺人に見せかける――だとすると、ああも執拗に、被害者の遺体をバラバラにしたのは、偽装工作だったということになる。

「偽装工作だからこそ、いっそやり過ぎなくらい、バラバラにしたという見方ですか――うーん」

　理屈としては成立しなくもないが。

　ただ、腑《ふ》に落ちない。

　なにせ佐和沢警部はついさっき、そんなのはお金をもらってもやりたくない作業だと思ったところなのだ――金目当ての犯行の偽装工作として、人間をバラバラにするなんて、いくらなんでも割に合わな過ぎる。

　不合理を通り越して不条理だ。

「ええ、そうですね。私もそう思います。ですから、先ほど申し上げたのは、そういう意味ではありません」

今日子さんはあっさり、そんなことを言った――どうやら今の推理は、佐和沢警部の早とちりだったらしい。

（まあ、いくら網羅推理と言っても、そんな荒唐無稽《こうとうむけい》なことは考えないか――）

と、佐和沢警部は反省したが、しかし、今日子さんが提示したのは、もっと荒唐無稽な可能性だった。

はなはだしく。

「私が申し上げたかったのは、犯人にとっては、被害者を『バラバラ』に刻むのが、『面白かった』という可能性です」

「お……おもしろ？」

「『恨みを晴らすため』とか、『憎しみがあり余って』とかではなく――娯楽としての殺人だったというケース」

そう言ってから今日子さんは、ようやくバスタブから顔を起こした。

「人体を切り刻むこと自体が犯人の目的であり、犯人のモチベーションだったと想定するなら、聖野帳さんのご遺体の状態に、合理的な説明がつきます。大変な作業も、それ自体が遊びであり喜びであれば、苦にはならないでしょう」

遊びであり――喜び。

それはそれで損得勘定を超越している。

猟奇的——どころか、本当に猟奇だ。そのものだ。

ただ、荒唐無稽は荒唐無稽でも、強盗殺人を怨恨殺人に見せかけようとしたというのよりは、まだありそうな線だった。

なにぶん、被害者に恨みを持つ容疑者が多過ぎるため、ついついそちら側から事件を考えてしまうが——なんであれ、聖野帳が、彼の人間性とは関係のない部分で被害に遭ったという可能性については、一定の検証が必要なのかもしれなかった。

「関係者全員にアリバイがあるのなら、関係者以外に容疑者を求める——というわけですか、今日子さん」

「ええ。ただし、そちらの線は、忘却探偵には追えません——一日以内で、どこにいるのかわからない猟奇殺人犯を見つけるのは不可能でしょう。なので、そのルートの捜査は警察の組織力にお任せします。制限時間のある身といたしましては、アリバイ崩しに専念させていただきましょう」

と、今日子さん。

「正直な感想を申し上げれば、不自然でもありますしね。被害者を恨んでいる容疑者、その全員にアリバイがあるというのは——作意的でさえあります」

「……先に申し上げておきますと、容疑者同士が庇《かば》い合って、口裏合わせをしているということはないですよ？　アリバイは別個に成立しています」

「さようですか。で、その別個に成立しているというアリバイは、確固たるものなのですか？　疑いの余地がないくらいに？」

そう詰め寄られると、もちろん、絶対とは言えない――だが、少なくとも佐和沢警部が、乏しい経験から判断するなら、アリバイは全部、本物だった。

「まあ、平日のまっ昼間におこなわれた犯行ですから。そりゃあぼっちり、一分《いちぶ》の隙間《すきま》もない完璧《かんぺき》なアリバイとは言えなくっても、働いていたり学校に行っていたりすれば、それで普通にアリバイは成り立ってしまうんですよね――それぞれの容疑者が住んでる場所から、このマンションまでの距離の問題もありますし」

「なるほど。では『犯行時刻に都合よくアリバイがあるなんて不自然だ』という小癪《こしやく》なアプローチは、通用しないのですね――でしたら、そのあたりはあとでじっくり詰めさせていただくとして、ではいよいよ、当時の現場写真を見せていただきましょうか」

今日子さんは、それが当然の段取りのように言う――佐和沢警部としては、触るだけでもおぞましいと思う写真なのだが。

そんな写真が、自分のスマートフォンに保存されていると思うだけで、窓から投げ捨てたくなる――早く事件を解決して、デリートしたい。

「あー。綺麗な画面なんですね、昨今の携帯電話は……、細部の拡大もできて、すごく便利じゃないですか」

『昨今の』記憶を持たない今日子さんは、写真そのものよりも、スマートフォンの画面のほうに興味津々だったが、さすがに、バスタブが映し出されたそのときには、真剣な面持ちになった。

「ふむ……これはこれは」

と、あっと言う間にタッチスクリーンにはなじんでしまったらしく、今日子さんは左右にフリックしたり、ピンチアウトしたり、当日の現場写真や死体の部位をいろんな角度から写した写真を、眼を皿のようにして見る。

睨《にら》む、と言っていいほどの凝視だった。

普通の神経なら眼を逸《そ》らしたくなるような写真ばかりなのだが……、実を言えば佐和沢警部は今でさえ、眼を細くして、立体図でも見るときのように、ぼかして見ているところがあるのだが。

「じいいいっ……」

記憶に——一日しか持たない記憶に——深く刻み込むように、今日子さんはしばし、スマートフォンに顔を近づけた。ほとんど眼鏡のレンズと、画面が接しているくらいだった——それはそれで、焦点が合わなくなってしまいそうだが。

「ど——どうでしょう、今日子さん」

沈黙に耐えかねて、佐和沢警部がそう問うと、今日子さんはようやく、スマートフォンから眼を離し、こちらを向いた。

笑顔である。

「あ、あの……、今日子さん？」

「バラバラ死体ですね」

探偵は言った。

いや、それは探偵でなくともわかることなのだが。

「立ち話もなんですし、リビングに移動しましょうか、佐和沢警部」

「え、あ、はい……」

いきなりの申し出ではあったけれど、何にしても、このバスルームから離れられるのであれば、一も二もなかった。

「ああ、そうだ、佐和沢警部――もしもマジックペンをお持ちでしたら、貸していただけませんか？」

5

探偵活動中、基本的にメモを取らない忘却探偵からマジックペンを貸してくれと言われて、佐和沢警部は戸惑《とまど》ったけれど、しかし今日子さんがどういうつもりなのかは、すぐに察しがついた。

被害者の死体の写真を見て、直後にそんなことを言われたのだ、これは彼女が特別、勘がいいということにはならない——し、またその推察は、完全な正解とは言えなかった。

（たぶん、死体がどういう風に『バラバラ』にされていたのか、図に描くつもりなんだろう）

スマートフォンに保存されていた写真は、バラバラ死体が詰め込まれていたときのバスタブと、個々のパーツを物撮《ぶつど》りしたものだ——それらを見れば誰だって、『バラバラの部位同士を、人体の形に並べ直したものも見たい』と思うはずだ。

いや、見たくはないが。

しかし図に描いてわかりやすくまとめたくはなるだろう——佐和沢警部は、写真を見た段階でグロッキーになって、その気力は萎《な》えてしまったが、タフな今日子さんはまったくくじけることなく、むしろ意気揚々《ようよう》と、それを実行しようというのだろう。

この人はいつもそうだ。

仕事中は常に生き生きしている。

それは頼り甲斐があると言うより、見ていて危なっかしく思えるくらいなのだが——

ただ、バラバラ死体を図案にまとめると言うのであれば、ペンを渡さない理由はなかった。

いつも持ち歩いているフェルトペンを渡した――ついで、メモ帳も、一ページ破いて渡そうとしたのが、

「いえ、それには及びません」

と、そちらは今日子さんは受け取らなかった。

あれ？　図にするのではないのか？

また早とちりだったかと当惑した佐和沢警部をよそに、今日子さんはリビングのソファに腰掛け、ロングジレを脱ぎ、その下に着ていた長袖《ながそで》シャツを、肩口までまくった。

そしてあらわにされた腕に、ペンを走らせる。

手首の回りを、太い黒線がぐるりと一周した。

「え……、それって、もしかして」

「はい。切断線です」

そう答えながら今日子さんは、手早く次の『切断線』を、描き込む――己の肉体に。

次は左肩口だった。

(図案にするんじゃなく……、『バラバラ死体』を、自分の身体で再現しようって言うのか)

考えてみれば、今日子さんほどの頭脳があれば、死体のパーツを矢継《やつ》ぎ早《ばや》に見せられても、それがこんがらがるというようなことはなく、パズルは頭の中で完成することだろう――最速の探偵は佐和沢警部を置き去りに、とっくに次の段階に移行していたということらしい。

左手の親指の付け根にもくるりと線を引いて、今日子さんはフェルトペンを左手に持ち替える――次は右腕の肘《ひじ》のあたりだった。

「な、何か意味があるんですか、それ？」

思わず訊いてしまう。

バラバラ死体のバラバラ具合を自分の肉体で疑似体験しようなんて、とても尋常な発想だとは思えなかったからだ――それが真相に繫《つな》がる道だとは、とても思えない。

「さあ……、思いついたことを、とりあえずやっているだけですから」

今日子さんの答は、そんなとぼけた感じだった。

ペン先に、右肘回りを一周させ、続けて右手の薬指の第二関節を囲ったあと、再び右手にペンを持ち直し、今度は首回りだった――今日子さんの細い首に、黒線が引かれる。

それ自体は、佐和沢警部が普段使っているペンによって描かれる、ただの黒色のインクのラインに過ぎないのだが、しかしそのラインが『切断線』だと思うと、見ていられないような不気味さがあった。

（さすが今日子さん。徹底している）

という気持ちと、

（そこまでするか）

という気持ちが、両立する——バラバラに。

だけど、今日子さんにはきっと、そんなバラバラの気持ちはないのだろう——事件の真相を突き止める以外の気持ちがない。

それを表すかのように、同性とは言え、『初対面』の佐和沢警部が目の前にいるにもかかわらず、まるで気にした様子もなく、ロングスカートを脚のぎりぎり付け根あたりまで、豪快にからげた。

『切断線』は、そのあたりにもあったからだ。

右脚は臑《すね》の部分。

左脚は付け根の辺りだ。

どちらも裏側が、かなり描きにくそうな部位ではあったが、今日子さんは器用に身体を丸めて、黒線を一周させた。

思考も柔軟な彼女だが、身体も猫のように柔らかいらしい——佐和沢警部が感心している間に、右脚の臑のあたりを、今日子さんは囲い終わっていた。

そして左脚の膝《ひざ》。

「きゃふ」

そこで今日子さんは声をあげた。

膝の裏をなぞるとき、くすぐったかったらしい――しかし黒線自体はふるえることなく、一周したのだった。

（しかし……、当然なのかもしれないけれど、よく覚えているものだな）

バラバラにされた部位が多過ぎて、それこそメモでも見ないと、佐和沢警部には被害者が、どこをどう切られて、正確には何分割されたのかを、思い出せないくらいだが
――

バスルームで脱いだ靴下を、まだはき直していなかったのはこのためでもあったようで、今日子さんは足を組むようにして持ち上げて、左足の中指と、小指の回りを黒線で囲んだ。細かく言えば、中指は関節部分を、小指は根本を、黒線で囲んだ――本当に細かい作業だし、細かい記憶。

そして右足を真ん中から、土踏まずを通過する軌道で、真っぷたつ――にする切断線。

「あとは胴体ですよね」

「は、はい。そうでした」

今日子さんの大胆な振る舞いに、どきどきと言うよりやきもきしていた佐和沢警部でも、聖野帳の死体の、胴体部分にノコギリが入っていたことくらいは覚えている。

「さすがに背中は無理ですから、佐和沢警部、お願いしてもよろしいですか？」

「え？　お願いって、え？」

「シャツをあげておきますから、胴回りに切断線、お願いします」

言って今日子さんは、ソファから立ち上がり、スカートにインしていたシャツをまくりあげ、腹部を露出させた——贅肉《ぜいにく》なんて一ミリもついていないんじゃないかという、心配になるくらい細いウエストだった。

こんな胴体に切断線を引くなんて、外科医だってためらいそうだが——背徳的と言うか、佐和沢警部は、なんだかとてもいけないことをしているような気持ちにとらわれつつ、極力冷静ぶって、探偵からの要請に従った。

どれだけクールな振りをしても、引く線の震えは隠せなかったが——今日子さんが左手で描いた線よりも、よっぽどぶるぶる揺れる。

（と言うか、今日子さん、右手でだって、なんでフリーハンドであんな綺麗な線を……）

守秘義務厳守の忘却探偵という看板を差し引いても、やっぱりこの人は、根本的にあれこれ、スペックが高いのだと思う——思い返してみれば、スマートフォンの使いかたなんて、渡されて、すぐに理解できるものじゃあないだろうに。

揺れ動く線をなんとか一周させて、始点と終点を繋いだ佐和沢警部は、不自然にならないように心がけつつ、しかしなるべく素早《すばや》く、今日子さんの身体から離れる——この距離感での忘却探偵の素肌は、女性から見ても、眼の毒だ。

「ありがとうございました」

今日子さんのほうは、もちろんなんとも思っていないようで、しかしシャツを元に戻すのではなく、裾《すそ》を絞ってわき腹の辺りで結んだ——切断線が見えるようにしておくつもりらしい。

なのでソファに座り、ロングスカートを再度ぎりぎりまでからげても、佐和沢警部はもう驚かなかった——それに、作業を終えてみると、なるほど、確かにわかりやすかった。

二次元で図にするよりも、いっそこうして立体的に、人体に実線を引いてしまったほうが、被害者がどう『バラバラ』にされたのか、リアルに想定できる。

「佐和沢警部。申し訳ありませんが、そこの姿見《すがたみ》を、私の正面に置いてもらえます？自分では、首の切断線が見えませんので」

「りょ、了解です」

言われるがままに働く。

警部の役どころではない——今日子さんには、特定の探偵助手はいなかったはずだが、ワトソンだって、こんなこき使われかたはしていなかったと思う。

「切断線は、全部で十四本」

佐和沢警部が、玄関近くにあった姿見を壁のフックから外し、リビングに持ち運ぶのをよそに、今日子さんはそんな風に呟く——佐和沢警部に言っているのではなく、独り言のようだ。

声に出すことで考えをまとめているらしい。

「つまり、被害者のご遺体は、正確には十五分割されていた——①頭部。②左腕全体。③左手首。④左手親指。⑤右前腕部。⑥右手薬指。⑦胴体。⑧腰部。⑨左脚太股。⑩左脚膝下。⑪左足中指。⑫左足小指。⑬右脚膝上。⑭右脚膝下。⑮右足爪先」

んー。

と、そこまで口に出したところで、今日子さんは天井を向いた——ちょうど、佐和沢警部が姿見を、彼女の正面に設置したときだった。

十数分割、なんて曖昧《あいまい》にとらえていた佐和沢警部も、そんな風に具体的な数字を明示されると、考えたくなってしまうが、たぶん彼女は、そんな浅いところで、悩んでるわけではないのだろう。

「……切断線の位置に、何か意味があるとお考えですか?」

「あるかと思ったんですけれど、どうも、そういうわけではなさそうだなーって。『15』っていう数字も、文字通りに切りがよくって意味深長で、色々当てはめられそうなので、頭の中で一通り網羅してみたんですが――解剖学的な意味合いもなさそうです。大した意味もなく、目に付いたところにノコギリを入れたとしか、今のところ、思えません」

「そうですか……」

身体のあちこちにフェルトペンで落書きをして、出た結論がそれでは、あまりに報われないというものだけれど、元々試行錯誤の一環だと考えていた今日子さんは、落胆した様子もない。

（それに、あくまで『今のところ』だ……意味はあるのかもしれない）

意味があって欲しい、と願う気持ちは、それが事件解決への第一歩になるからという よりも、意味もなく人体をこうも切り刻む犯人がいるなんて想定が、やっぱり名状しがたい気持ち悪さを備えているからかもしれない。

ましてそれが、被害者への怨嗟《えんさ》から成り立っていると思うと……。

「強いて言うなら――『指』が気になりますね」

「『指』？」

言われて、佐和沢警部は、今日子さんの末端部分を見やる――④左手親指、⑥右手薬指。

「⑪左足中指、⑫左足小指もです」

と、今日子さんは左脚をあげて、黒線で囲まれた中指と小指をぴこぴこと器用に動かして、佐和沢警部にアピールした——何のアピールかわからない、謎の動作だが。

「……『指』が、どうかされましたか？」

どうかされたも何も、『切断』されたのだが——疑問点とは何だろう。ノコギリがあれば、むしろそれらは、バラバラにしやすい部位のように思えるが……。

「ええ。バラバラにしやすい部位——なんですよね。ノコギリなんて使わなくても」

「ん……と、言いますと？」

「たとえば、台所にある包丁なんかでも、ばっさり切断できる部位だということです」

「まあ……、できるでしょうけれど、でも、手元にノコギリがあるのに、わざわざ台所まで包丁を取りに行くことはないでしょう？　そう思いますけれど」

「ええ。台所の包丁というのは、ですから『たとえば』です。私が申し上げたかったのは、まさしく、手元に鋭利なノコギリがあるのに、そんな別の刃物でも切れるような箇所を切断したのか——です」

「………………」

少し、込み入った推理……、と言うか、逆説めいているが、けれど指摘されてみれば、その通りだ。

ノコギリのような強力な刃物を持って、しかも強い恨みがあるのなら、指先のような末端部位ではなく、体幹付近を切断したくなりそうなものだ――つまり犯人には、被害者の『指』をどうしても、切断しなければならない理由があった？

「写真からでは、わかりませんでしたけれど――佐和沢警部。被害者のご遺体が、どういう順番で切断されたのかは、判明しているんですか？　つまり、この十四本の切断線には、どういう順番でノコギリがあてられたのでしょう」

「ああ……」

それくらいは佐和沢警部も、もちろん調べようとした――が、残念なことに、『判明していない』が答である。

「すべての切断は、絞殺後の短時間におこなわれていますので、状態で区別することは難しいそうです。……強いて言えば、バスタブの中に、積み重なっていた順番が、おおよその目安になるかもしれませんが」

「なるほどなるほど。でも、あまりアテにはならなそうな目安ですねえ――腕を切ってから指を切ったのか、指を切ってから腕を切ったのか」

と、自分の身体の切断線を順繰りに見ながら、そんな不気味なことを呟く今日子さん。

「十五分割と便宜上言っても、胴体を切断するときに、内臓もごっそりやられているはずですからねえ。厳密にはもっと細かくバラバラにされているとも言えます――佐和沢警部。今なんと仰いましたか？」

「え？　今なんとって……」

途中で思いついたように訊かれ、どの発言のことを言われたのか、咄嗟《とっさ》にわからなかった――戸惑っているうちに、

「すべての切断は、絞殺後の短時間におこなわれた――と仰いましたよね。具体的にはどのくらい時間をかけて被害者をバラバラにしたのか、それはわかっているということですか？」

今日子さんは質問の趣旨を述べた。

「ああ、いえ、語弊《ごへい》がありました。切断にかかる時間を予測して、おおよその目安がついている、というだけです」

「また目安ですか」

ちょっとがっかりした風に、今日子さんは、乗り出しかけていた身を、背もたれに戻した――その姿勢であまり動かれると、まくりあげられたスカートが危うくてはらはらするので、自重して欲しい。

もっと際どい箇所が切断されていたら、この人はいったいどうしていたのだろう

……、そんな疑問も脳裏《のうり》を過《よ》ぎる。

佐和沢警部はフォローのつもりでもなかったが、

「胃の内容物などから、死亡推定時刻は細かく限定されていまして……、一週間前の、ちょうど今頃ですね」

と、部屋の時計を見ながら言った。

時計の針はおよそ正午を指している。

「そして、あれだけの切断をおこなうには、およそ二時間はかかるだろうと言うのが、鑑識の見立てです。つまり犯人は、正午から午後二時まで、バスルームで作業をしていたということになります」

「およそ――どれくらい幅をもった『およそ』ですか？　がんばれば一時間以内でも、できますか？」

「が、がんばればという言葉が適切かどうかはわかりませんが……、最低でも一時間半はかかるとのことです。一時間では、絶対に無理だと」

一時間で十四本の切断線をなぞろうと思えば、一切断あたり、五分もかけられない――それこそ指くらいならまだしも、胴体や首の切断が、五分以下でできるとは思えない。

「逆に言えば、犯人の体力次第では、二時間どころか、もっと時間がかかってしまう可能性もあるでしょう。三時間や四時間かかっても、おかしくありません」

想像したくもないけれど、細腕の自分がやるのだったら一日仕事だ——と、佐和沢警部は思う。死にものぐるいになっても、半日はかかりそうだ。

だから実際のところ、二時間というのは、かなり短く見積もった数字でもあるのだろうと思う。

「アリバイの話をすれば——つまり、正午から午後二時までのアリバイが重要になってくるわけですね。しかし、その時間には、容疑者の皆さんには、徹底的なまでに、現場不在証明がある」

「ええ。そういうことです。ただ、先ほども申し上げましたが、社会人や学生なら、アリバイがあって当然な時間帯です——ランチのタイミングでもありますしね」

「ふむ。では、切り口を変えて見ましょうか——バラバラ殺人だけに」

と、今日子さんは場をなごませるためか、剽軽《ひょうきん》なことを言う。

笑えないが。

「被害者の聖野帳さんが、いくら恨まれていたと言っても、全員から一律に恨まれていたわけでもないでしょう——たとえば、一番疑わしい、一番思いあまって行為に及んでしまいそうな容疑者のアリバイは、具体的にはどのようなものなのです？」

「はい、それは——」

佐和沢警部は、懐《ふところ》から手帳を取り出した――なにせ膨大な数の容疑者の、当日の行動記録である。忘却探偵ならずとも、暗唱なんてできっこない。

（それに……、それでなくとも、容疑者達のおよそ崩せそうもないアリバイを縷々《るる》述べるなんて、憂鬱《ゆううつ》な作業でしかないんだけど）

この場合の『およそ』に、幅はほとんどないのだった。

6

捜査中はメモを取らないという忘却探偵の基本姿勢は、佐和沢警部がこれまで思っていたよりも徹底しているらしく、今日子さんは容疑者全員分のアリバイを聞くのにも、ペンを取ろうとはしなかった――もう使わないのなら、渡したフェルトペンを、そろそろ返して欲しいものだが。

それはともかく、一時間近くかけて、被害者周辺の人物のアリバイを、なるべく懇切《こんせつ》丁寧に説明した佐和沢警部だったが、今日子さんの反応は、あまり芳《かんば》しくなかった。

ここからは本格的に、アリバイ崩しの推理をするつもりだったのだろうけれど、とにかく容疑者達のアリバイがシンプル過ぎて、細工の余地がないと、認めざるを得なかったようだ。

もちろん、決して隙間がないわけじゃあないのだが——二時間にわたる犯行が可能だった者がいるとは思えない。

一時間でも無理だろう。

むしろ、それぞれの、そんなアリバイの『不完全さ』が、細工の余地をなくしているとさえ言えた。

「不完全さゆえに完全に見えて——作為がありそうだから、不作為に見える。乱離骨灰《らりこっぱい》と言いますか、なんと言いますか——バラバラですねえ」

今日子さんはそんな感想を漏らした。

やるせなさそうだ。

「となると、やっぱり容疑者を他に求めたほうが現実的なんですが……、それは警察の皆さんにお任せしましたしねえ。ふむ……もしもアリバイ崩しを、それでも挑むとするなら」

そう言って今日子さんは、ようやく乱れていた服装を、元に戻した——シャツやスカートの裾をだ。そして脇《わき》に置いていたロングジレを羽織《はお》る。

目のやり場に困っていたので、正直それは助かったのだが、今日子さんの言葉の続きが気になった。

それでも挑むとするなら？

「それでも挑むとするなら――速度を上げるしかありませんよね。『バラバラ』の速度を。極論、被害者を一分で『バラバラ』にすることができれば、ほぼ全員のアリバイが崩れ去ります」

「…………」

いや。

実のところ、佐和沢警部が『最速の探偵』に期待したのは、まさしくそれだった――さっきは説明を求められて、鑑識から聞いた通りにああ答えたものの、犯行にかかる時間をもっと短縮する方法があれば、結果的にそれがアリバイ崩しになるのではないかと考え、彼女は置手紙探偵事務所に電話をかけたのだった。

星の数ほどいる探偵の中でも、速度においては比類なき『最速の探偵』ならば――『最速のバラバラ』を実現する方法を、発案できるのではないかと。

一分というのは、さすがにニューロティックと言うか、漫画チックと言うか、いくらなんでも極論過ぎるにしても、それでも、せめて三十分くらいまで犯行時間を限れれば、容疑者の中から、アリバイが崩れる者も出てくる。

「ただ、最低でも一時間半はかかるという鑑識さんの見立てに、疑問を差し挟む余地はないように思えるんですよね――プロの意見は尊重すべきです。うーん。となると、どの工程を節約したものやら」

と、可愛らしく、これも猫のようにうなってから、今日子さんはふらりと立ち上がり、ずっと立ちっぱなしだった佐和沢警部の横を通り過ぎていった。

どこに行くつもりかと焦ったが、どうやらもう一度、バスルームをチェックするつもりのようだ——どうしても臭いを感じ取ってしまうあの犯行現場を離れられたことを、内心ほっとしていた佐和沢警部だったが、しかし、探偵が向かうのであれば、ついていかないわけにはいかない。

「バスルームに、見落としがありましたか？」

「いえ、見落としというわけではありません——追体験の続きです」

追体験の続き？

それは——被害者のバラバラ死体の？

佐和沢警部が彼女の言うことを理解する前に、今日子さんはバスルームの洗い場に、ごろりと寝っ転がった——いや、いくら広めの風呂だと言っても、さすがに人間一人が寝ころべるほどではない。

入りきらなかった、身長の割には長い脚を、壁に立てかけるようにした今日子さん——スカートがずり落ちて、隠れていた切断線が再びお目見えした。

「こんな感じですかね？」

「こ、こんな感じとは」

「ですから、被害者の聖野帳さんは、こんな感じで横たえられ、バラバラにされたんですかね。今、佐和沢警部が立ってらしている位置が、ちょうど、犯人の立っていた位置というわけで」

「…………」

知らない間に犯人役を与えられていた。

死体を追体験する今日子さんと、犯人を追体験する佐和沢警部。

どこまで再現するつもりなのだ——下手すれば、このままノコギリで私を切り刻んでみてくださいとか、言い出しかねない。

「こうしてみると、最初に切り落としたのは左右の脚だったのではないかと思われますね。脚がなくなれば洗い場に身体が収まって、のちの作業が簡単になりますから——次に腕でしょうか？　してみると、案外、一番目立つ胴体の切断線をなぞったのは最後だったかもしれません——こぼれ出る内臓の都合もありますしね」

プロクルステスの寝台みたいなことを言っているが、ただ怖い話をしているわけではなく、今日子さんは例の、バラバラ死体の『切断順』について、吟味しているらしかった。

正直、佐和沢警部には、あそこまで分割するのであれば、順番なんてどうでもいいようにも思えたけれど。

「いえいえ、鮪の解体ショーにだって、最速の手順というものがありますから。最速を追求するなら、どういう順番でバラバラにするのがもっとも効率的なのかを、考えないといけません——腕を切り落としてから指を切ったほうがいいのか、首を切り落としてからのほうが、肩口は切り取りやすいのか。こうして、実際に寝てみたら、色々わかるものですよ」

「わ、わかるものですか……」

佐和沢警部は、だんだんと今日子さんのことがわからなくなってきたが——それとも、真実追求のためには、ここまでのめり込むべきなのか？　ならば犯人のポジションを命じられた佐和沢警部としては、『犯人』の視点から、寝そべる今日子さんの身体に、どういう順番でギザギザの刃を入れればいいのか、『考えないといけ』ないのだろうか。

（もしも私だったら……、楽そうなところから切りたくなってしまうけれど——効率なんて考えずに、まず楽そうな部分から……、だから指から……）

いや、待てよ？

知り合いをバラバラに切り刻むと言う、残忍極まる想像に思わず夢中になってしまったが、これは考えかたが逆ではないのか？

被害者の聖野帳の身体には、実際には切断線なんて引かれていない——それと同じに語ること自体が不謹慎だが、鮪の解体ショーとは、そもそも違うのだ。

犯人が『こういう風に切る』と、最初から決めていたとは思いにくい以上、手当たり次第、ノコギリの刃が尽きるまで切り刻んだだけなら、最速の手順も何もない。

「ですね」

今日子さんもその辺りは先刻承知だったらしい――これはこれで、手当たり次第の総当たり推理か。

「それに、手順なんか無視して、余計なことを考えずに遮二無二《しゃにむに》ノコギリをふるったほうが、案外、スピーディかもしれませんしね」

身《み》も蓋《ふた》もない意見だが、案外、小賢《こざか》しく時短を狙うよりも、そちらのほうが良策なのかもしれない――良策ではなく無策というべきだが、ゲーム理論が理想論である人間社会において、無策はかなり強い。

考える労力の放棄は、作業効率をいちじるしく上げる。

「凶器がノコギリでなかったという可能性はありませんか？」

「ノコギリでなかったらって……え？　さっき仰っていた、台所の包丁とかですか？」

真下から質問を受けるというのも、なんだか変な感じだ。かと言って、一緒に寝そべるわけにもいかない――そんなスペースも、意味もない。

「ではなく。チェーンソーは、爆音がするから、ご近所さんのことを考えるとまず無理でしょうけれど、たとえば巨大な斧《おの》とか、鉈《なた》とかですよ。それなら、三十分くらいで、あの現場を制作可能かもしれませんよ——力強く振り下ろすだけですから」

なるほど、見識だ。

だが、それは理想論でさえない、机上の空論だった。

傷口から凶器が、現場に残されていたノコギリであることは完全に特定されているし、斧や鉈を使えば、バスルームの床が無事では済まない——見る限り、床にも壁にもバスタブにも、そんな大きな傷はついていない。

それに、斧や鉈を振りかぶることも、バスルームの中ではいかにも難しいだろう。案外、ノコギリというのは、室内で人間をバラバラにするにあたって、絶妙のチョイスなのかもしれない。

「………………」

アイディアが出尽くしたのか、沈黙し、仰向けのまま眼を閉じる今日子さん——穏やかな表情だが、まさかそのまま、被害者が死ぬところまで追体験しようと、眠るつもりではないだろうな？

「あ、あの、今日子さん？」

寝られたら困る。

忘却探偵の今日子さんの記憶は一日でリセットされる——より正確に言えば、寝て起きれば、リセットされる。

ここで寝られてしまえば、佐和沢警部が微に入り細をうがち説明した、事件の概要及び容疑者の全アリバイを、もう一度繰り返さなくてはならない――それこそ時間の無駄だ。

「時間の無駄」

と。

今日子さんが眼を閉じたまま、佐和沢警部の心中を読んだかのようなことを言った――バスルームなので、『無駄』という言葉が無駄に響く。

「時間の無駄を、本当に省略しようと思えば、一番手っとり早い方法が、あるにはあるんですけれどね――死体をただ、十五分割するだけなら」

「え？　……いや、あるにはあるなら、教えてくださいよ。そんなところで寝っ転がってないで」

「寝っ転がっているのは捜査の一環なのですが」

そう言いつつ、今日子さんは起きあがった――ようやく視点が合うと思ったが、今度は今日子さんは、そのままバスタブの中に入るのだった。

十五分割にされるところはイメージで済ませて、バスタブに詰め込まれるフェイズに移行したらしい――できる限りの再現なのか、自分の身体を折り畳むようにして、今日子さんはバスタブに収まった。

『そんなところで寝っ転がってないで』とは言ったが、『バスタブに収納されてください』とは言っていないのだが……。

だが、それはもういい――手っ取り早い方法とは、なんだ？

「十四人がかりで、同時にノコギリを引けばいいんですよ」

促され、今日子さんは、いかにも気の入っていない口調で、そう述べた。

「手順なんてありません。首を切りながら胴体を切りながら肩口を切りながら手首を切りながら肘を切りながら親指を切りながら薬指を切りながら腰部を切りながら太股を切りながら膝を切りながら臑を切りながら中指を切りながら小指を切りながら爪先を切ればいいんです」

「え、えっと？」

いや、確かに、そりゃそうだ。

その方法を取れば、大幅に時間は短縮される――三十分どころか、十五分くらいで終わってしまうかもしれない。

その場合、凶器のノコギリは十四本用意されていて、そのうち一本だけを現場に残していったということになるのだろうが――

「ええ。言うまでもなく、これこそ机上の空論です。寝転がってみてわかりましたけれど、このバスルームに十四人、被害者のご遺体も足せば十五人は、とても入れません」

そうだ。二人（死体を足せば三人）だって、入れないだろう——広めのバスルームというのは、あくまで『一人暮らしにしては』なのだ。

「それに、厳密に言えば、たとえ量産品でも、『同じノコギリ』なんて、一本もありませんからね。詳しく掘り下げて聞いたわけではありませんが、もしも部位ごとに、使われたノコギリが別のものだったのなら、そうと鑑識係が気付いたはずです」

「ですか——科学捜査も日進月歩ですねえ」

鑑識技術の進歩に感心しているらしい今日子さん。バスタブに収納されているので、表情は見えないが。

「では、次に提示しようと思っていた、一人の犯人が、左右の手にノコギリを持って作業したという仮説は、提出前に引っ込めましょう」

どんな仮説だ。

ノコギリを片手で引くのは無理だろう。

「ですよね——そもそも、佐和沢警部、仰ってましたもんね。容疑者同士の共犯関係はないって」

「え？　いや、そんなことは言ってませんけれど？」

覚えがなかったので、佐和沢警部は反射的にそう否定した——今日子さんの記憶違いだろうか？　いや、忘却探偵には当日中なら記憶違いはない。ならば、どの発言のことを捉えて、そう言っているのだろう……。

「仰ってたじゃないですか。容疑者同士が庇い合って口裏を合わせて、アリバイを偽証したという線はないって」

「あ——言いましたけれど」

それは額面通り、互いのアリバイを偽証したという線はない、というだけの意味だ。共犯関係までを否定したつもりはなかった。

と言うより、元から複数犯による犯行を、そもそも佐和沢警部はほとんど考えていなかった——個人による犯行だと、それこそ科学技術の鑑識係が言っていたのもあるし、たぶん、バスルームの面積から、無意識のうちに単独犯を想定していたのだろう。

なにせ被害者が恨まれ過ぎていて、一人分の殺意でも十分殺人事件は起こりうると思っていたが——しかし、大量にいる容疑者候補のうちの何人かが結託して——十四人か？　——犯行をおこなったという可能性は、いったいどれくらいあるのだろう？

たとえば、犯行現場がバスルームでなかったとしたら？　解体作業はリビングでおこなって、それからバスルームに運んだとか——いや、リビングでも十四人は無理だ。じゃあ半分の七人なら？

「七人でも無理でしょうね。立錐《りっすい》の余地もありません。仮にそんな『被害者の会』が存在したとしても、現場がごちゃついちゃいますよ」

と、今日子さん。

『被害者の会』とは、言い得て妙だ——この事件においては加害者であるにせよ。

「様々な疑問はさておくとしても、どうして七人も十四人も集まって、被害者のご遺体をバラバラにしなきゃいけなかったのかは、不明ですしねえ——ふむ。共犯関係がありでもなしでも、状況はあまり変わりませんか」

「ええ……、でも、もしも『被害者の会』なんてものがあったのなら、もっとまともな手段で、聖野帳に立ち向かって欲しかったものです。個々人で戦ったんじゃ太刀《たち》打ちできなくとも、一致団結して臨めば、悪逆非道な相手に、もしかしたら一矢《いっし》報《むく》いることができたかもしれないのに」

「そうですね——でも佐和沢警部、それもまた机上の空論と言いますか、なかなか一致団結って、難しいものですよ。ほら、一人で持ち上げるつもりがなければ、二人でも持ち上げることはできないというじゃないですか」

確かに。

余計なことを考えるよりも遮二無二ノコギリを振り回したほうがスピーディなように、一人でやったほうが、集中できて作業はかえって速くなるかもしれない。

「下手な一致団結なら、しないほうがマシってことですね」

結局、バスルームを再々訪しても、どころか今日子さんがバスタブに身を収めてまで、収穫はなしかと、佐和沢警部はがっくり肩を落とし、大した教訓も含めたつもりもなくそう言うと、

「佐和沢さん。今なんと仰いました？」

と、今日子さんは言った。

また？

今度は何？

「下手な一致団結なら、しないほうがマシ――そのお言葉、いただきました！」

バスタブの中にかがんでいた彼女は勢いよく立ち上がり、久しぶりにその姿を現した――小気味よい大声が、バスルーム内に反響する。

泉の女神みたいに両手をかかげている――もちろん、金の斧も銀の斧も、ましてノコギリも、その両手には持ってはいないけれど。

その代わり彼女は、ある閃《ひらめ》きを持って立ち上がったらしく、さっきまで死体の振りをしていたのと同一人物とは思えないくらい、眼鏡の奥のその眼は生き生きとして、爛々《らんらん》と輝いている――何だ？　どれだ？

どの一言がヒントになった？

佐和沢警部の言葉の、どこが切り取られた？

切断線など引かれていないのに。

「きょ――今日子さん。な、何か有力な仮説を、思いついたんですか？」

「仮説？　思いつき？　とんでもありません。私がお見せしたいのは、真相です」

そう言って今日子さんは、気取った仕草で『ちっちっち』という風に、指を振った。

彼女に対して好意的な佐和沢警部をして、しゃらくさいと思わせる動作だ。

「私にはこの事件の真相が、最初からわかっていました」

「……………」

どうしてそんな嘘を。

午前十一時に依頼を受けて、午後一時過ぎの今、真相が閃《ひらめ》いたのだとしても十分に早いのに、この上まだ最速を目指そうとは、なんとも貪欲《どんよく》な探偵だ。

最初からわかっていたのなら切断線は引かないし、バスルームに寝転がったりバスタブに収まったりはしないだろうと、しかし、ここでそんな指摘をするのも野暮《やぼ》なので、

「そ、そうだったんですか。さすがは最速の探偵ですね。スピーディだものなあ」

と、佐和沢警部は全力で話を合わせた。

「眼にも止まらぬ速さとはまさにこのこと。疾風迅雷の体現者とは他ならぬあなたです。で、では、この無知蒙昧《むちもうまい》の徒にご教授ください、今日子さん。犯人はいかなる残虐な方法を用いて、哀れなる被害者をああも短時間で、バラバラにせしめたのでしょう」

演技は大きくなってしまったが、教えて欲しいのは本当だった——今日子さんは首を振って、「短時間で、バラバラにしたんじゃありません」と言った。

「バラバラで、短時間にしたんです」

7

場所を変えるのかと思ったら、今日子さんはそのまま、バスタブの中に屹立《きつりつ》したままで、謎解きを始めた——湯船の中で真相を紐解く名探偵なんて、斬新《ざんしん》過ぎる。謎解きの声もいい具合に響くし、こうなると乳白色の照明も相まって、泉の女神というより、ヴィーナス誕生みたいだ。

(思えば贅沢《ぜいたく》かもしれない——いわゆる『名探偵の演説』を、こうして独占できるなんて)

結局のところ、これを庶幾《しょき》して、自分は今日子さんにご登壇《とうだん》願ったのかもしれない。

そんな利己的な発想は、もちろん、

(さっさと真相を聞いて、犯人を逮捕したい——法の裁きを受けさせたい)

という思いと、てんでバラバラに両立する——バラバラ。

(バラバラ)

「今回の事件における謎とは、やはり『どうして犯人は、被害者をこうも執拗に切り刻んだのか』という一点に尽きます」

ともあれ、忘却探偵はそう切り出した――『今回の事件』などと言っているが、ちなみに彼女の記憶の中には、『前回の事件』など、存在しない。

「被害者の聖野帳さんは、確かに多くのかたから恨みを買ってらしたようではありますが、しかしながら、だからと言って、ノコギリで十五分割されるというのは、やや行き過ぎという気もします――パフォーマンスじみていると言いますか、コストパフォーマンスが悪過ぎます」

恨みを晴らすための復讐的行為に、コスパなんて、やっぱり的外れなことを言っているように思えるけれど、しかし視点を変えれば、報復の際はコスパを無視しなければならないという決まりがあるわけでもない。

費用対効果は、いつだって重要なテーマだ。

(少なくとも、犯人はまだ捕まっていない――自首していない。隠蔽工作をおこなったかどうかはともかく、『捕まりたくない』という気持ちはあると見てもいいはず)

計算ができないわけじゃない。

「つまり、今日子さん。『恨みに基いてバラバラにしたのではない』と仮定すれば、そのコストパフォーマンスの問題は収まると考えているんですか?」

「そうですね――バラバラにした理由。合理性。必然性。どうしてそんな、肉体的にも精神的にもぐったりしちゃうような作業を、おこなったのか。こういう目的が不明の行為は、行為自体が目的ということが、ままあります」

「『スカッとする』という奴ですね」

人体を切り刻むこと自体が、娯楽であり、苦労を苦労と感じない――これがバラバラ殺人だからおぞましくも思えるが、突出した人間には、往々にそういう性質もある。

忘却探偵もそうだろう。

どうして彼女ほどの知能の持ち主が、一介の個人事務所の探偵に甘んじているのか、疑問に感じたこともあったが――たぶんその答は、『彼女が探偵だから』なのだ。

死体の真似ごとをしたり、徹底した網羅推理をおこなったりするのも――探偵だから。

ただ、今日子さんは佐和沢警部のそんな合いの手に、

「いえ」

と首を振った。

「ここで私が言いたいのは、その前段階です。『スカッとする』という精神的な報酬はともかくとして、問われるのは実際問題のリスクです。二時間もかけて人間をバラバラにして、犯人の得られたものはなんでしょう」

「…………」

恨みが晴れた——だとしても、それは精神的な報酬である。今日子さんは、もっと現実的な報酬のことを言っているのだろうが。

「問いの立てかたを逆にしましょうか。人間をバラバラにすることで、犯人は具体的に、どんな損をしましたか？　筋肉痛以外で」

「筋肉痛以外……」

言われなくとも、ここでいちいち筋肉痛を考慮はしないけれど——損、か。

「えっと……、死体を損壊して、現場に長居して、逮捕されるリスクは飛躍的にあがったはずですよね。結果的に捕まっていないだけで、そうなっていてもおかしくなかったはずなのでは。首を絞めて、聖野帳を殺して、さっさと逃げたほうが、損得で言えば、明らかに得だった」

「では、そこがフックです。犯人にとっては、被害者をバラバラにしたほうが、明らかに得だったとしたら？」

「……？　つまり……死体を損壊して、現場に長居したほうが、得になるケースですか？　そんなの——」

「犯人が死体を損壊して、現場に長居した結果」

今日子さんは言った。

「多くの容疑者のアリバイが成立しましたよね」

「あ――」

アリバイ――工作。

いや、違う。

工作したのはアリバイじゃなく、事件そのものだ。

まるで図画工作のように、被害者の身体をバラバラに切り刻むことで――犯行にかかる時間を、『水増し』した。

首を絞めてすぐに逃げれば、わずか数分で終わっていたであろう殺人行為が、およそ二時間――最低でも一時間半、下手をすれば三時間四時間もかかる、重労働と化した。

(普通、アリバイを成立させるためには、犯行をできるだけスピーディに、最速におこなおうとするものだ――なのに逆に、犯行時間を引き延ばして――)

遅延行為によって、容疑者のアリバイを成立しやすくした。

丸二時間の空き時間がない者は、容疑者リストからはずれることになった――確かに、これは明確なメリットである。

値千金の隠蔽工作だ。

(被害者を解体するのにノコギリを使ったのも、それが理由か――バラバラにするのに、わざと『時間のかかる凶器』を選んだ。斧や鉈じゃなく……)

さっきは、密閉空間で人を解体するにはうってつけの凶器だと思ったものの――犯人がノコギリを使った目的は、そこにはなかったのだ。

主眼は、時間だった。

いくら昼間の出来事とは言え、容疑者全員にアリバイが成立した理由は、そこにあったのか――いや、そこにあったこと自体は、そりゃあわかっていたけれど、まさか犯行時間の長さが、意図的なものだったとは。

「……でも、ちょっと待ってください、今日子さん。被害者を切り刻んだのは、犯行時間を引き延ばすことで、アリバイを成立しやすくするためだったとしても、犯人は実際に、それだけの時間、犯行に及んでいるわけで――結局、アリバイは成立しませんよね」

まさか、恨まれまくっている被害者を殺すにあたって、他の容疑者が誤認逮捕されないように、そんな小細工――大仕事か――をやり遂げたというのだろうか？

自分のアリバイではなく、他の容疑者のアリバイを作ろうとした――だとすると一見、美談っぽくもあるが……しかし、それをおこなう余裕があるなら、まずは自分のアリバイを確保するだろう。

「ですから――バラバラで、短時間にしたんですよ」

今日子さんは先ほど述べた、あの意味不明な言葉を繰り返した――バラバラで、短時間にした。

「佐和沢警部からお聞きした情報をどう勘案しても、正午からのまるまる二時間、アリバイに空きがある容疑者はいませんでした——でも、正午からのまるまる二時間、完全に埋まっている容疑者ばかりだったわけでもありません。たいていのかたには、隙間がありました——五分だったり十五分だったり、三十分だったり五十分だったり、一時間だったり、隙間時間の幅はまちまちですが」

「はあ——隙間時間、ですか。それが——」

どうした、と言い掛けて。

ようやくと言うべきなのか、佐和沢警部は遅蒔《おそま》きながら、真相に辿り着いた——忘却探偵が示唆する真相に。

「…………！」

そうか——そういうことか！

では、犯人は、複数犯——

「ええ。最低十六人、最高で二十五人くらいでしょうかね？　この事件は、『被害者の会』による、分業殺人です。バラバラにされたのは、死体だけではなく——犯行そのものが、バラバラにされたのです」

と、今日子さんは身体に描かれた切断線を、なぞるようにした。

分業殺人。分担殺人。

「犯行時間は、一人当たり五分から十五分。一人目が首を絞めて殺す。そしてすぐ帰る。その後、二人目が服を脱がしてバスルームに運び込む。そしてすぐ帰る。三人目が腕を切り落とす。そしてすぐ帰る。四人目が脚を切り落とす。そしてすぐ帰る。五人目が首を切る。そしてすぐ帰る。六人目が胴体を切る。そしてすぐ帰る——そうやって、犯人『達』は、順繰りに、自分の時間を少しずつ使って、被害者を十五分割した。……これはあくまでも一例ですし、順番は適宜でしょう。もっと細かく分業し、たとえば胴体を半分まで切って、あとは次の人に任せて帰った人もいるかもしれません。どこかのタイミングで犯人同士がはち合わせることもあったかもしれませんが、基本的には、それぞれが単独で犯行を、犯行の一部を、担ったのではないかと思われます」

「……刃がこぼれようと、一本のノコギリを使い続けたのは、あくまでも単独犯だと思わせたかったからですか」

十四人がかりで被害者を一気に解体した、という、例の無理無体な仮説は、実はニアピンだったわけだ。ただ、『被害者の会』は、決して一堂に会することなく、全員時間をずらして、現場に寄っていたというだけで——分業。

一人ずつ、五分十分の時間を捻出《ねんしゅつ》して。

それぞれができることをした。

一致団結せず――バラバラに。

まとまることなく。

（一人で持ち上げる気がなければ――二人でも持ち上がらない）

「……じゃあ、『指』を切り落としたのは、中でも、あまり時間を長く取れなかった犯人、ということでしょうか」

「あるいは、腕力のない老人や女性や子供だったのかもしれません――ノコギリを使っても、予定の時間内に、指を切り落とすのがせいぜいだったというような」

「…………」

なんだか――すっきりしない。

いや、謎が解けたのだから、本来はすっきりするべきなのだ――だけど、『犯行時間の水増し』のための、複数犯による『分業』によるバラバラ殺人だなんて。

恨みとか、復讐とか、あるいは猟奇とか、そんな情念じみたものとはまるっきり無縁の、それこそコストパフォーマンスだけでおこなわれたような事件の真相を聞かされて、すっきりできるわけがなかった。

バラバラ殺人よりもよっぽど気分が悪くなるような、合理性だった。

（……違うんだ）

情念は、それでも、あったのだろう。

恨みも、復讐も——あるいは猟奇も。

『スカッとする』みたいな気持ちも、だ。

(気持ちは——目的も動機も、すべてバラバラに、成立していたんだ。まとまることなく——一致団結せずに)

すっきりしない反面——それでも、佐和沢警部がすっきりしてしまっているように。

「佐和沢警部？　よろしいですか？」

と、今日子さんが、黙りこくってしまった佐和沢警部の表情を覗き込むようにしてから、言った。

「は、はい……、大丈夫です」

「そうですか。では、あとはどうやって犯人を特定するかですが、まずは当日の正午、被害者の死亡推定時刻、まさしくその時間にアリバイのない容疑者を、絞り込んでください。解体作業の具体的なスケジュールは不明ですが、その一点のみは、ズラしようがありませんから」

なにせお相手のあることですからね——と言いながら、今日子さんはバスタブをまたぎ、洗い場に出てきた。

名探偵の演説——謎解きは、もう終わり、ということらしかった。

(さすが、最速の探偵は、手仕舞《てじま》いも早い)

犯行をあえて長引かせた犯人『達』とは、真逆のスピード性だった。

「どう考えても一番主要な役割を担う、いわば主犯とも言うべき『絞殺係』をつかまえてしまえば、あとは芋蔓《いもづる》式でしょう。主犯の口が堅いようでしたら、『指』を切り落とした、体力のないかたを責めるのが得策かもしれません。切り落とした部位が小さいことから、きっと参加意識が低いと思われます」

「………………」

何気にえげつない作戦を進言してくる今日子さん。

(やっぱり、この人はブレないんだなあ——まったく意図が、一貫して、統一されて、バラバラにならない。いや……、バラバラになるための部品が、最初から、ない。パーツが揃っていない——不揃いだ)

真相の追求と、真実の掌握。

探偵であること。

それ以外には——何もない。

「……ありがとうございました、今日子さん。お陰で、事件解決への道筋が立ちました」

「いえいえ、どういたしまして。ではお支払いのほう、なにとぞお願いしますね。ちなみに、もしも規定の料金に感謝分を上積みしたいと仰るのでしたら、受け取るにやぶさかではありません」

そんな業突《ごうつ》く張《ば》りなことを言ってにっこりと、嬉しそうに微笑む忘却探偵に、佐和沢警部は心から感謝し、またありったけの敬意を払いつつ、

（この人は、『昨日の記憶』だけじゃなく——人としてもっと大切なものを、根こそぎ忘れてしまってるんじゃないだろうか。探偵であること以外、すべてを忘れているんじゃないだろうか）

と、思ったのだった。


（掟上今日子のバラバラ死体——忘却）

第二話　掟上今日子の飛び降り死体

1

鬼庭《おににわ》警部は、上司から、

「気を悪くしないで欲しいんだが、残念ながらこの件は忘却探偵に、解決を依頼することになった」

と苦々しい口調で言われたとき、気を悪くするどころか、むしろまったく逆の感情を抱いた。

残念どころか、喜ばしい。

(ようやく会えるんだ)

同じ女性として、警察機関という巨大組織を相手に、個人で業務提携をする、噂《うわさ》の探偵——最速の探偵にして忘却探偵には、以前から鬼庭警部は、強い興味を持っていた。

いったいどんな人物なのか。

それを推《お》し量《はか》る上でも、現在、彼女が担当している事件は、うってつけとも言えた——実に奇妙で、いかにも、ミステリー小説に登場するような『名探偵』が乗り出しそうな事件だったからである。

だが、社会人として、そんな万感蝟集《いしゅう》なうきうきした心中を抑えようとする試みが、思った以上にうまくいってしまったらしく、

「ああ、鬼庭くん。きみの気持ちはわかる。わかるとも。気を悪くするなというのは、土台無理な話だった」

と、上司はおもんぱかるようなことを言ってきた——渋い表情である。

「民間人にテリトリーを侵《おか》されるようで、モチベーションが下がること、この上なかろう——だがこの通りだ、そこを曲げて、どうかやる気をなくさないで欲しい。あくまで忘却探偵は、きみがおこなう捜査の、サポートに徹するという形を取る。出しゃばった真似をするようであれば、いっそのこと、叩《たた》き出してやればいい」

「はい、了解しました」

殊勝な振りをして、そう頷きつつも、

(私に気を遣うようなことを言っているけれど、たぶん、この人自身が、忘却探偵を快く思っていないんだろうなあ)

と、鬼庭警部は、冷めた気持ちで思った——いや、別に上司に失望したというわけで

はない。

こんなのは、よくあることだ。

『あなたの気持ちはわかる』とか『あなたのために言っているんだ』とか、結局はそんなの、『あなた』を鏡に見立てて、自分の意見を投影しているだけなのだ。

（ニュースキャスターがこぞって使う、『○○と思う人もいるんじゃないでしょうか』ってフレーズみたいなものだ――みんな、自分の意見を言っているだけなんだから）

もちろん、鬼庭警部だって、その例外ではない――相手のことを思いやるとき、たいていの場合は、自分の損得を考えてしまっている。

（『私』ならどうするか）

（『私』だったらどう思うか）

そんなことを考えながら、常々仕事にあたっている――それ自体は決して悪いことではないのだ。実際、そんな感情移入でこそ成果もあがっているし、比較的早く、警部の階級になれたのだから。

「なあに、忘却探偵は、どうせ明日にはいなくなるし、それに、明日にはすべてを忘れてしまうんだ――今日だけ我慢するつもりで、お偉いさんの依怙《えこ》贔屓《ひいき》に、つきあってやってくれたまえ」

そんな上意下達は、鬼庭警部に対する慰めではなく、きっと自分自身への労《いたわ》りなのだろう――ある意味でそれは、

(私のことを、自分のことのように思ってくれている)

わけなのだから、感謝こそすれ、それを不満に思うのは間違っている――今、それでも、彼女の中にどうしても生じるもやっとする気持ちだって、実のところ、上司を鏡として、彼女自身に向いている感情なのだ。

合わせ鏡である。

そんな上司の言い様が気に入らないと思うなら、それは自分の中にある彼のような部分が、気に入らないだけである。

あくまで『私』なのだ。『私』でしかない。

個人的事情であり、個人的感情でしかない――実害もないのに何かを不愉快に感じるなら、それは自分の醜い面を、見せつけられているからだと、鬼庭警部は考える。

犯人を憎むとき。

被害者を可哀想だと思うとき。

自分を憎んでいるし、自分を可哀想だと思っている――だからこそ。

忘却探偵には、興味が尽きないのだ。

(何よりも優先すべき、規準となる『私』を忘れてしまっている彼女――掟上今日子さ

んとは、本当にどういう人なんだろう？）

2

「こういう人です」

と言って。

眼鏡をかけた白髪の女性は、鬼庭警部に名刺を差し出してきた。

「おっと、失礼。言葉が乱れました。改めまして――私、こういう者です」

名刺には、

『置手紙探偵事務所』

『所長　掟上今日子』

『あなたのお悩みを一日で解決します！』

と印刷されていた――それをまじまじと確認する鬼庭警部は、予想していたよりも一回り以上若かった待ち合わせ相手に戸惑いつつ、

「どうも。鬼庭です――階級は警部です」

と、自己紹介をした。

（総白髪だから、ちょっとわかりにくいけれど……、どう見ても二十代だよね？）

ファッションも若い――タートルネックのサマーセーターの色は、実に鮮やかで、白髪と程良いコントラストを形成していた。

噂とはアテにならないものだ。

伝え聞く数々の武勇伝からは、てっきり、年上だとばかり思っていたのだが。

あの上司が、忘却探偵が捜査にかかわることを不満げに思っていたのは、彼女が民間人だからというよりも、この若さのほうが原因なんじゃないかと、そんな風に思わなくもなかった。

「鬼庭警部、ですね。警部さん」

そんな風に呟く忘却探偵。

呟くことで、銘記しているのだろうか。

（いや、忘却探偵というのは、そういう意味合いじゃなかったはずだ――単に『人の名前をおぼえるのが苦手』とか『忘れっぽい』なんて、日常的な『忘却』じゃない）

「せいいっぱいお力添えさせていただきますので、よろしくお願いします。きっとお役に立てると思いますので」

にこにこしながら、白髪頭を深々と下げる忘却探偵――鬼庭警部が年上であることを差し引いても、ずいぶん腰が低い。

ミステリー小説に登場するような名探偵は、もっと居丈高《いたけだか》に構えて、組織である警察相手にも、問題があるほど高飛車《たかびしや》に振る舞うものだと思っていたが——それはステロタイプな妄想か。

やや拍子抜けな感も否めないが、これがあくまで仕事であることを思えば、探偵の人当たりがいいのは、鬼庭警部としてはありがたかった。

「それで——ここが現場なのですか？」

と、掟上今日子——今日子さんは、早速、本題に入った。

そこは、さすが最速の探偵。

礼儀正しくはあっても、手続きや段取りは、できる限りばっさり省いてしまうらしい——鬼庭警部としても、それはそのほうがありがたかった。

彼女も、手続きや段取りが、決して好きなわけではない。探偵との待ち合わせを現地集合——すなわち事件現場にしたのも、その一端である。

「いやあ、それにしても私も探偵稼業を営んで長いですが、野球場に来るのは、初めてですよ」

今日子さんは、ぐるりとあたりを見渡すようにして、感慨深そうにそう言った——そう、ここは野球場で。

二人は現在、マウンドに立っているのだった。

3

今日子さんは『野球場に来るのは、初めて』と言ったけれど、実はこの発言には驚くほどに信憑性《しんぴょうせい》がない――以前来たことがあっても、単にそれを、すっぽり忘れているだけかもしれないのだ。

だいたい、『探偵稼業を営んで長い』と言うのも、なんら自覚に基づいた発言ではなかったりする――一説によれば、彼女は自分がいつから、どういう理由で探偵業を営んでいるのかさえ、忘れているというのだから。

忘却探偵。

記憶が一日ごとにリセットされて、決して積み重ならない。民間の私立探偵でありながら、公的機関である警察から依頼を受注できる、それこそが理由でもあった。

なにせ、どんな事件に関わって、どんな機密を知ろうと――極論、国家の存立危機にかかわるような案件の真相に触れることになろうと――彼女は、それを翌日になれば綺麗さっぱり忘れてしまうのだ。プライバシーの尊重や、情報の流出が何より恐れられるこの時代に、まるであつらえたように即した探偵のありかたである。

（『警察が民間人に捜査協力を要請した』という記録が、外部に露呈する心配がないっ

ていうのも、大きい）

大きいと言うか、実に小さいことを言っているが、まあ、上司に言わせれば、とてもとても大切なことだ。

ただ、当然ながら、守秘義務を絶対厳守できる探偵だからというだけの理由で、忘却探偵は重宝されて、上層部と昵懇《じっこん》の立場にいるわけではない。

腰の低い人柄も廉直《れんちょく》な性格も大切だが、それだけではない。

記憶が一日しか持たない──つまり、継続捜査を一日しかおこなえない身でありながら、数々の事件を解決に導いた、その卓越した推理力こそが、結局のところ、彼女のもっとも特筆すべき点なのだと、鬼庭警部は考えている。

（『あなたのお悩みを一日で解決します！』か……、どんな事件でも即日で解決してしまう名探偵……）

忘れる前に謎を解いてしまう名探偵。

警察署内にまことしやかに流れるそんな噂を、話半分に聞いても、半端じゃない──ただ、それでも、あくまで噂は噂だ。聞いていたより、ずっと若かったこともあるし──

（だから、この事件を通して、知りたいものだ──最速の探偵が、果たして、どれくらい速いものなのか）

今のところ、見る限りは穏やかそうと言うか、そんなあくせくしたタイプではなさそうなのだけれど。

「死体が発見されたのは、一昨日の早朝です——まだ誰もいないグラウンドの中、マウンドに倒れている人物が発見されました」

鬼庭警部は事件の概要を語り始めた。

まさしくその、『倒れている人物』が発見された、マウンドでだ——概要なんて、ニュースでさんざん流れているから、本来は不要なのだろうが、なにせ相手が忘却探偵だ。昨日や一昨日に流れたニュースなんて、『覚えていない』。

何を考えているのか、鬼庭警部の話を聞きながら、今日子さんは、ピッチャープレートの上に立っていた。

野球場が事件現場であることだけは事前に伝えていたので、見れば、彼女はスカートのデザインとはミスマッチなスニーカーを履いている——そのミスマッチも、まるである種のファッションのようだったが。

「発見されたときには、既にその人物は死亡していました——要するに、マウンドに死体が、腹這《はらば》い状態で倒れていたわけです」

「なるほどなるほど」

頷く今日子さん。

今、自分が立っている場所に、数日前死体があったことを聞かされても、まったく動揺する様子はなかった——若い娘らしく、悲鳴をあげて驚いて飛び退くと思っていたわけじゃあないが、見た目よりも、ずいぶん図太い性格をしているらしい。

そのあたりは噂通りか。

「死んでいたのは、桃木《ももき》両太郎《りようたろう》さん——ご存知ですか？」

「いえ、生憎《あいにく》ですが。有名なかたなのですか？」

今日子さんは、マウンドの状態を確認するように、土を蹴《け》りながら、そう答えた——そうか。忘却探偵とは言え、一定以上昔の知識は保持しているらしいので、ひょっとしたら知っているかと考えたのだが。

「ベテランのプロ野球選手ですよ——ポジションはピッチャーでした」

そう言って鬼庭警部は、この球場をホームとする、桃木両太郎が所属していたチームや、生前の活躍ぶりを紹介したが、今日子さんにはあまり、ぴんと来ないようだった。

桃木両太郎がぴんと来ないと言うよりも、野球そのものがぴんと来ないのかもしれない——メジャースポーツではあるが、それでも、知らない人はまったく知らない競技である。

もちろん、鬼庭警部だって、取り立てて詳しいというわけではない。桃木両太郎の経歴にしたって、彼の死後に、捜査をする中で覚えたものだ。

「ふうむ。つまり、ベテランの現役ピッチャーが、野球場、それもマウンドの上で死んでいたと――練習中に、心臓発作か何かで倒れられたということでしょうか？」

「当初はそう考えられたんですが――違いました」

そう。

そこがこの事件の肝だった。

肝と言うか――謎だった。

「転落死だったんです」

「は？」

きょとんとする今日子さんに、鬼庭警部は続けた――自分でもまだ、まったく整理できていない、桃木両太郎の死因を。

「マウンドに倒れていた桃木両太郎は、高所から落下し、全身を強く打った結果、死亡したようなんです」

「高所って……」

今日子さんは真上を見上げた。

広がるのは、雲一つない青空だった。

「どこから落ちたって言うんです？」

ごもっともな疑問である。

しかしながら、鬼庭警部が指揮を取る捜査班は、むしろそれを教えてもらうために、忘却探偵を呼んだのだった。

4

全身打撲によるショック死。

ほぼ即死だったと思われる。

その死因自体には疑いの余地はなく、桃木両太郎の死体は、鑑識係いわく、典型的な『飛び降り死体』の特徴を備えていたのだという——典型的でなかったのは、死体が発見された場所だ。

野球場。

野球場のマウンド。

そうはないくらい、広々としたロケーションである——実際にこうして立ってみれば、なおさらそれを感じる。

ビルディングもなければ、校舎もない。

切り立った崖《がけ》も、見晴らしのいい高台もない。

もちろんプールみたいに、飛び込み台が設置されているわけでもない——にもかかわらず、マウンドにうつ伏せに倒れていたのは、まごうことなき『飛び降り死体』だったのだ。

「自殺か他殺か、あるいは事故か、わかっているのですか？」

今日子さんはマウンドのピッチャープレートから、一塁ベースの上へと移動しつつ、そんな質問をしてきた。

意外と冷静な質問だ。

『どこから飛び降りたのかわからない死体』という謎に、もっと食いつくかとも思ったけれど――名探偵だからと言って、必ずしも『不可解な謎』に心引かれるというわけではないらしい。

リアリスティックと言うか……。

浮世離れした物腰とは裏腹に、現実指向の探偵らしい。

「不明です。自殺とも他殺とも、事故とも言えません」

まったく答になっていないけれど、それが事実なのだから、そう答えるしかない――状況がわからないから。

「遺書らしきものは残されていませんし、現役で活躍中のプロ野球選手に、自ら命を絶たなければならない理由があるとは、個人的には思えません――殺されるほどの恨みを買っていたということもないようです。だからと言って、事故というには――」

いったいどんな事故が起これば、マウンドで転落死なんてするというのだろう。

「ピッチャープレートにつまずいて、すごく勢いよく転んだ――とかですかね」

今日子さんはそう言いながら、一塁ベースから、二塁ベースへ向かっててくてく歩く――推理というより、まずは手始めに、思いついたことを適当に言っているだけのようだ。

まあ、本気で『すごく勢いよく転んだ』なんて言われても困る。

その場合、事故ではあるが、それは事件と言うべき出来事だろう。

「ちなみに桃木両太郎さんのご遺体は、発見時、どんな格好をしていたのでしょう。ユニフォーム姿でしたか？　グローブをはめていましたか？　ボールを持っていましたか？」

一気にいくつも質問をされて、鬼庭警部は当惑する――いや、今回は、どの質問も、すぐに答が用意できるものばかりなのだが、今日子さんがどうして、矢継ぎ早にそんなことを聞くのか、質問の意図がわからなかったのだ。

ここはわからないなりに、答えるしかないシーンだが。

「ユニフォームではありませんでした――いわゆる、ランニング用のジャージでした。グローブもボールも、現場にはなかったと聞いております」

「ふむふむ。では、ボールを投げようとして、ピッチャープレートにつまずいて転んだ説は、却下ですね」

意外と真面目に検討していたのか、その説。

今日子さんは二塁ベースから、今度は三塁ベースに向かって移動する——どうやら、そのままダイヤモンドを一周するつもりらしい。

どういうつもりでやっているのかわからないけれど、たぶんこれは、特にどういうつもりでもないのだろう——『とりあえず動いてみる』というのが、忘却探偵の指針だと聞いている。

じっとしていられない探偵。

基本的に多動型とでも言うのか。

野球場に来るのが初めて（あるいは、以前来たときのことを忘れている）彼女としては、そうやって歩くことで、事件現場を体感しようとしているのかもしれない。

「ピッチャープレートにつまずいて転んで死んだなんて、そんな格好悪いエピソードが真相だったら、プロ野球選手としてとても公表できませんよ、今日子さん」

「でも、アスリートのフィジカルって、素人には想像も及ばないほど、とんでもなかったりしますからね——理論上、一流の短距離ランナーは、全力疾走で堅い壁に衝突すれば、それで即死できるというお話を聞いたことがあります」

一流の短距離ランナーに何をやらせているのだ——理論上のこととは言え。

その理屈で、プロ野球選手なら、ボールを投げようとする勢いで転べば、転落死と同じような『全身打撲』をするだろう、と言うのか？

「いえ、言いませんけどね」

三塁ベースを踏んで、今日子さんはマウンドの、鬼庭警部を振り向いた。

「ただ、『犯人』がそう見せかけようとしたという可能性は残ります」

「『犯人』……？」

「ですから、桃木両太郎さんのことを恨む何者かが、彼のプロ野球選手としての経歴に傷をつけようと、そう見える状況を作り出したという可能性ですよ。ただ、『犯人』が迂闊《うかつ》にもグローブやボールをセッティングし忘れ、ユニフォームも着せ忘れてしまったので、そんな風には見えなくて、結果不可解な『飛び降り死体』が、成立してしまったという」

不可解な状況が、『犯人』のセッティングミスによって生じたものだというのは、これまで考えもしなかった発想ではある——現実味はともかく。

それに、それだと、結局、桃木両太郎が『どこから飛び降りたのか』という疑問に解答は出ていないのはともかく。

鬼庭警部は、今日子さんに、

「では、今日子さんは、これを殺人事件だとお考えなのですか？」

と訊いた。

「殺人事件かどうかは、まだ判断しかねます。自殺かもしれないし、事故かもしれません――ただし、いずれにしても、何らかの人の意図は、嚙《か》んでいるように思われますね」

澄ましてそんな、煙に巻くようなことを言う今日子さん。

「人の意図？　殺人や自殺ならともかく――事故なのに、人の意図、つまり故意が絡むケースなんて、あるんですか？」

「ありますよ。どんな事故だって、誰かが何かをやろうとした結果、起こるものですからね」

「…………」

ものは言いよう、という気もするが。

しかし言い得て妙でもある。

今日子さんはいよいよ本塁に移動し始めた。

「桃木両太郎さんのご遺体が発見されたのは、その日の午前中とのことでしたが……、それ以来この球場、使われていないんですか？　本日も、見たところ、使われる予定はなさそうですけれど」

「ええ。現在、営業停止中ですので」

球場も『営業停止』という表現でいいのかどうか、鬼庭警部にも正確にはわからなかったが、これで文意は伝わるだろう。

「入っていた予約は、すべてキャンセルされています。なんにせよ、不可解な死体が発見され、捜査がおこなわれている間は、どうにもなりませんので」

実際のところ、上層部でどのような判断があったのかは、定かではない――上司が邪推していたように、忘却探偵は『依怙贔屓』で呼ばれただけなのかもしれない。

だが、球場を使用可能にするためにも、この事件を一日も早く解決する必要があるのは確かで――だから、手段を問わずに最速の探偵に依頼が行ったというのは、たぶんにあるはずだ。

有名人の不可解な死を、いつまでもマスコミに面白がらせておくわけにはいかないというのも、当然あるだろうが――

「面白がっているんですか？　マスコミが？」

「マスコミと言うか、ファンですかね。ピッチャーが、マウンド上で死んだわけですから。戦死や殉死《じゅんし》のようなイメージで美化されて――ちょっとしたお祭り騒ぎですよ」

世間には『飛び降り死体』であるという、肝心な部分が伏せられているから、なるべくしてそうなっているとも言えるが。

（その情報も、このままじゃいつまで伏せていられるかわからない――とことん、秘密

保持の難しい世の中だから）

　桃木両太郎の死が、戦死でも殉死でもない『転落死』だと知れれば、今とはまったく違った脚光を浴びることになるだろう——それはそれで、望ましくない。

　まったく、守秘義務絶対厳守の忘却探偵のありがたさが、つくづく知れるというものだった——もちろん、彼女が本当に今日中に、事件の真相を明らかにしてくれたらの話だけれど。

「ゴール」

　ホームベースを踏んだところで、今日子さんはそう言った——本塁を踏むことをゴールとは言わないだろうから、やはり彼女は野球自体、よく知らないらしい。

　今からルールブックを読み込んでも、明日には忘れてしまうのだから、つまり今後の人生で、今日子さんが野球ファンになるということはないということか——その点、どういう感情を持てばいいのか、わかりにくい。

（もしも『私』だったら——『新しく何も覚えられない』なんてあたりから、向き合えないかな）

「お祭り騒ぎに水を差すのは気が引けますが、これが私のお仕事ですしね。務めさせていただくとしましょう——鬼庭警部」

「はい。なんでしょうか」

「続きは、ベンチの中で話させてもらっていいですか？」

改めて呼びかけられたので、何を訊かれるのかとにわかに緊張した鬼庭警部だったが、忘却探偵が言ったのは、そんな台詞だった。

「グラウンドでは日差しを遮《さえぎ》るものがなくて、肌が焼けちゃいそうなので」

5

遮るものがない。

とぼけた台詞ではあったが、しかし同時に、事件の本質を表していた――遮るものがあってくれれば、桃木両太郎はそこから転落したのだと推測することもできるのに。ただっぴろい野球のグラウンドには、そんな『日除け』はない――せめて屋根付きの球場だったなら、ものによってはキャットウォークがあったりもするらしいのだが、この野球場の真上にあるのは、青空と、雲と太陽ばかりである。

「ラピュタがあるのかもしれませんね」

ベンチに移動し、腰掛けたところで、今日子さんはそんなことを言った。

ラピュタは覚えているのか。

「憧れますよね。私もあんな風に、色んな不思議な国を、旅してみたいものです」

と言っているのを見ると、どうやら今日子さんは、『ガリバー旅行記』に登場するほうのラピュタのことを言っているらしかったけれど、そう言えば、確かアニメ映画のほうは、冒頭で、女の子が空から落下してくる話だった。

桃木両太郎が、まさか空に浮かぶ王国から落下したのだとは思えないが――だいたい、万が一そうだったとしても、そんなはるか高度から落下したのでは、死体は粉々になってしまうだろう。

発見された桃木両太郎の死体は、損傷こそ激しかったが、少なくともバラバラにはなっていなかった。

「そうですね――でも、『飛び降り死体』の損傷って、落ちる高さよりも、むしろ飛び降りた先の地面の堅さにこそ左右されるそうですよ。空気抵抗があるので、落下速度は、一定以上は大きくならないそうです」

「そ、そうなんですか」

「はい。『なお、空気抵抗は考えないものとする』とは、なかなかいかないのですよ」

忘却探偵に促され、鬼庭警部もベンチに腰を下ろしつつ、マウンドのほうを見やる――それで言うなら、マウンドの素材は、軟らかい土だ。

あの土で『全身打撲』したと言うのなら、桃木両太郎は、ラピュタとは言わないまでも、よっぽどの高度から落下したことになる。

「飛行機から落下したんじゃないか、なんて説も、捜査班では出ましたよ。もちろん、冗談半分ですが」

「飛行機からの落下――パラシュートが開かなかったんですかねえ。でも、別に桃木両太郎さんが、パラシュートを背負っていたわけではないんですよね――それとも、パラシュートは誰かが持ち去ったとか？」

冗談半分だとちゃんと言ったのに、律儀にも忘却探偵は、その可能性を丁寧に検討してくれた。

「あるいは、悪意を持つ何者かが、飛行機から桃木両太郎さんを、故意に突き落としたという可能性も、あるにはありますが」

「……まあ、ピッチャープレートにつまずいて、すごい勢いで転んだという説よりは、ありそうですが」

と、鬼庭警部は、提出してしまった『飛行機』説を回収にかかる――こんな荒唐無稽な案の検討に、時間をかけられては困る。

忘却探偵にとって、時間は貴重なはずだ。

「他にはどんな可能性が考えられますか？」

「ぱっと思いつくものであれば、クレーンですかね」

今日子さんはすぐに答えた。

『飛行機』説について話しながら、どうやらその白髪頭の中では、既に違う可能性を検討しているらしかった——クレーン。

クレーンとは、重機のクレーンか？

それは、捜査会議では出なかった仮説だが……、どういう説だ？

「ですから、クレーンで桃木両太郎さんの身体をつり上げて、最高所でフックを外すんです。最後にクレーン車を移動させれば、現場には『飛び降り死体』だけが残ります」

と、そこで今日子さんは思いついたように、「これは、消防署の梯子《はしご》車でも可能ですね」なんて付け加えた。

確かに、それで不可解な『飛び降り死体』の説明は、どうにかつくけれど——しかしそれは、『飛行機』説同様に、説明がつくだけだ。

飛行機もそうだが、クレーン車とか、梯子車とか、話が大き過ぎる。

そんな大仰《おおぎょう》なギミックを引っ張り出してきたら、そりゃあ何でもできるだろうという話であり、まったく現実的ではない。

「ですね。だいたい、真夜中なり明け方なりに、飛行機やら大型特殊車両やらが野球場付近をうろついていたら、目撃者がいないわけもありませんし——では、ここらで現実的な話をすれば」

と。

今日子さんはようやく、まっとうな仮説を立てた――それは、この話を聞いたら、誰もが最初に思いつくであろう仮説だった。

「どこか他の場所で飛び降りた桃木両太郎さんを、誰かがここまで運んできた――と見るべきでしょうね？」

「ええ……、でも、それはないんですよ」

鬼庭警部は説明する――彼女自身、そうやって立てた似たような仮説を、鑑識係から言下に否定されたのだ。

「死体は移動させたら、必ず痕跡が残りますから。死斑《しはん》や死後硬直の具合で、今ではかなり正確にわかるそうです」

「『今』では、ですか」

と、頷く今日子さん。

(失言だったかな)

と思う――『今』がいつなのか、忘却探偵にはよくわからないのだ。

ただ、あまりそこに気を使っていたら、会話ができなくなる――そもそも、そんな配慮を、今日子さんのほうが望んでいないだろう。

「推理小説でも、死体移動トリックは、昔からおなじみですけれどね――『今』では、ああいうのって、たいてい、成立しないトリックになっちゃってるんでしょうね」

「まあ……、そうですね」

認めざるを得ない鬼庭警部だった。

『推理小説において、すべてのトリックはもう出尽くしている』なんてのは、ファンの間でも実作者の間でも、よく言われる定説ではあるけれど、実際のところはもっと深刻な話で、『出尽くしたトリックは次々、使用不可能なものになっている』のだろう——科学捜査、テクノロジーの進歩、文化の変質。

それはミステリーに限った話ではないのだろうが、携帯電話が登場する以前の小説を読むと、なんだか異世界ファンタジーみたいに思えてしまうことがある。場合によってはSF小説ですら、技術が古く見えかねない——今、自分達は未来に住んでいるのだと、実感することになる。

(時代小説がいつまで経っても廃《すた》れないわけだ——逆説的に『古びることがない』っていうのは、利点だよね)

「まあ、ばりばりの最新テクノロジーを使ったトリックというのも、成立しなくはありませんから、出尽くしたとは、一概には言えませんけれどね」

と、今日子さんは肩を竦《すく》める。

「今回の事件も、最新テクノロジーによるトリックが使用されているのかもしれません——科学的な知見を最大限駆使した結果、桃木両太郎さんは、野球場のマウンドで、転落死したのかもしれません」

「……とてもそうは思えませんが」

そもそも野球場というシチュエーションが、科学から縁遠いようにも思えるが——いや、それは無知ゆえの偏見と言うものか。

それこそ、濫觴《らんしょう》の頃ならばともかく、現代では野球も戦略の競技だし、選手のトレーニングや食事だって、生理学に基づいて徹底して管理されたものだ——もっとも、話を聞く限り、プロ野球選手としての桃木両太郎は、昔ながらのアスリートだったようだが。

「結構、無茶な登板や投球をすることで有名なピッチャーだったらしく。ベテラン選手と言えば聞こえはいいのですが、若い頃の無理がたたって、身体の故障も多かったそうで——あちこちにメスが入っていました。勇退を勧められたりもしていたそうですが、本人には、そのつもりはまったくなかったそうです——コーチから苦言を呈されながらおこなうトレーニングも行き過ぎた自主練と言いますか、オーバーワークと言いますか。『死ぬときはマウンドで死にたい』と、公言してはばからなかったとか」

「死ぬときはマウンドで死にたい」

きょとんと、その発言に首を傾げる今日子さん——どういう感想を持ったのかは、表情からはいまいち読みとれない。

「まあ、インタビューでの発言ですから、本人はリップサービスのつもりで言っていたのでしょうし、当然、脚色もされているんでしょうが――そういう発言が、彼の『殉死』イメージを強めているのも事実ですし――」

言うのを少しためらってから、

「――自殺なのではと疑われる、大きな要因になっています」

と、鬼庭警部は続けた。

「ふむ。自殺説、意外と濃厚ですか？」

今日子さんからの素朴な質問に（内容はあまり素朴ではない）、

「成績が伸び悩んでいたのは事実です。その辺り、はっきりと数字が出てしまう競技のアスリートは、残酷ですね――首脳陣の間では二軍落ちも視野に入っていたと、そういう話も聞きました」

と、鬼庭警部は意図して、淡々と答えた。

感情移入して語ることを避けたかったのだ――感情移入を避けようとしている時点で、既に感情移入してしまっているのだろうが。

つまり、

（桃木両太郎を――自分に見立てている）

のだろう。

つまるところ、数字が如実に出てしまうとか、そういうのは結局、アスリートに限った話でもないのだろうから。

警察も探偵も、あるいは同じ。

「はあ。でも、世の中には二軍の試合のほうが好きというファンもいらっしゃるそうですからねえ」

しかし、鬼庭警部と違って、まったく桃木両太郎に感情移入していないらしい今日子さんは、そんなとぼけたことを言ってから、

「遺書はなかったと、仰ってましたよね？」

と、念を押すように再確認してくる。

「ええ。ありませんでした。ですから、自殺説を唱えているのは、あくまで世間と言うか、マスコミと言うかです——それを裏付ける、具体的な証拠があるわけではないんです」

「さようですか。自殺じゃないのに、自殺だと思われたりしたら、嫌でしょうね——いくら名誉の死のように語られても」

今日子さんはそう言って、そこでふと、何かを思いついたように、

「名誉の死か」

と、呟いた。

6

しばらくベンチの中で、事件についての検討を深めていた鬼庭警部と忘却探偵だったが、ふと、空を見上げて、

「キャッチボールでもしません？」

と、今日子さんが立ち上がった。

キャッチボール？

言うが早いか、今日子さんはグラウンドに踏み出す——いつの間にかその手には、グローブふたつとボールひとつを持っている。ベンチのどこかに、置きっぱなしにされていたものらしい……、さすがは職業柄と言うか、職業病と言うか、ものを見つけるのは得意のようだ。

そこには素直に感心するが、キャッチボール？

なぜ、いきなり？

「気分転換ですよ。お付き合いください、鬼庭警部」

「はあ……いえ、もちろん、構いませんけれど」

戸惑いつつも、鬼庭警部は彼女のあとを追って、グラウンドに出た——いつの間に

か、青空は曇り空になっていた。

どうやらそれを受けて、今日子さんはグラウンドに戻ることにしたらしい。鬼庭警部とディスカッションをしつつ、ちゃっかり天候も窺《うかが》っていたようだ。

目端《めはし》が利《き》くというのか、目敏《めざと》いと言うのか。

「はい、どうぞ。キャッチャーミットではありませんが」

と、グローブを片方、今日子さんは鬼庭警部に手渡した。

「これを持って、ホームベースのところにしゃがんでいただけますか。私は、マウンドからボールを放ります」

「はあ……」

どうやら、ただキャッチボールをしようというだけではないようだ——ホームベースのところにしゃがめというのは、要するに、鬼庭警部を捕手に見立てようというつもりなのだろう。

求めているのは気分転換よりも、発想の転換。

(そして自分はピッチャー役を……)

いや、ピッチャー役ではなく、桃木両太郎役だろうか?

彼の死に対して、今日子さんはほとんど感情移入していなかったはずだが——いや、だからこそ、彼の動作を再現しようとしているわけだ。

思いついたことはなんでも試してみる探偵だという噂は聞いていたが、ただ、これはどうだろう？

幸い、鬼庭警部はパンツルックだったので、本塁近くでしゃがむことに何ら問題はなかったけれど、しかし、スニーカーこそ履いていても、スカート姿の今日子さんに、ピッチャーが演じられるとは思えないのだが。

（だいたい、男性でも、なかなかピッチャーマウンドからホームベースまで、ノーバウンドでボールを届けることはできないっていうのに……）

「大丈夫です。残念ながら忘れていますが、私には始球式の経験があるような気がします」

「…………」

それはもう、忘却でも記憶違いでもなんでもなく、ただの嘘だな。

始球式というのも、あれはあれで、門外漢から見れば結構謎のイベントではある……、そんなことを思いながら、鬼庭警部はホームベースの後ろにしゃがんだ。

パンツルックとは言え、さすがに大股《おおまた》を開くのははしたないと思ったので、足を前後に構える形でしゃがんだ——こうして低い視点から見ると、予想以上に、マウンドは遠く感じる。

（遠く感じるし——高く感じる）

だから『マウンド』って言うんだ。

事件以来、何度も球場には足を運んでいる鬼庭警部だったが、初めて、それが実感できた——なるほど、なんでも試してみるものだ。

(でも、だからと言って、その『マウンド』から飛び降りたってわけじゃあ、ないわよね——さすがにそこまでの高さはない)

「いきますよ。ピッチャー、振りかぶってえ」

ワインドアップに、今日子さんは構えた。

無駄に本格的な構えだった——少なくとも、始球式という感じではない。にわかに鬼庭警部の身体に、緊張が走る——うっかり、キャッチボールの延長線上くらいの気持ちでここに座ってしまったけれど、確か、キャッチャーって、もっとマスクとか、プロテクターとか、防御鎧《よろい》みたいなのをつけているんじゃなかったっけ？　専用のミットがあるのには、それなりの理由があるのでは——

「投げたっ！」

野球選手というよりは体操選手のように、片足を綺麗に上げ、綺麗な足を瞬間、惜しげもなく晒《さら》したかと思う暇もなく、今日子さんは踏み込んで身体をねじり、ボールを投げた。

投げたと言うより放ったと言いたくなるような、放ったと言うより撃ったと言いたくなるようなピッチングだった――美脚と対照的なまでの豪腕に、反射的に、鬼庭警部は思わず目を閉じてしまった。

考えてみれば、この状況で目を閉じるほど危ういことはないのだが――幸い、鬼庭警部の身体に、あるいは顔面に、剛速球がめり込むということはなかった。

がしゃん！　と、破滅的な音を立てたのは、彼女の骨格ではなかった――鬼庭警部の背後の金網だった。

振り向いて、おののく。

ノーバウンドでキャッチャーまで届くどころか、まさかバックネットまで届くとは――ボールが、かなり上層の金網に食い込んでいるところを見ると、コントロールのほうは、お話にならなかったようだが。

ただ、そんなコントロールで、プロテクターをつけていないキャッチャーに、『キャッチボール』を誘うとは……。

(ようやく、探偵らしくなってきた……、警察官を振り回す探偵らしく)

と思いつつ、マウンドに向き直ると。

「……今日子さんっ!?」

今日子さんがマウンドの上で倒れていた――うつ伏せに。

慌てて立ち上がり、鬼庭警部は駆け出した――本塁からピッチャープレートまでは、意外と遠い。

「大丈夫ですか!?」

「はい、大丈夫です」

うつ伏せのまま、顔を起こしもせずに、今日子さんは返事をした——てっきり、ボールを投げた勢いで（あの勢いで）転んだのだと思ったのだが、しかし、そういうわけではなかったらしい。

どうやら、ボールを鬼庭警部に投げたあと、意図的に、その場に倒れ込んだようだ——つまり。

（つまり……、『ピッチャープレートにつまずいて勢いよく転んだ』という、例の仮説を実践しているの？）

いや、だから、さすがにつまずいたわけではなく、あくまで『振り』なのだろうが——ともかく、今日子さんは桃木両太郎の死体が発見されたときの状態を、できる限り再現しているのだろう。

「うーん」

ただ、これは芳しい成果はあがらなかったようで、今日子さんは地面に両手をついて、起きあがった——両手と言っても、片方はグローブだけれど。

お洒落なファッションを汚した甲斐はなかったにせよ、気落ちした風もなく、ぱんぱんと、叩いて土を払う。

「やっぱり、私なら、こんなところで死にたくはないですね」

にべもない意見だ。

桃木両太郎の、実際に言ったかどうかも定かではない『マウンドで死にたい』発言を受けての感想なのだろうが――それを言い出したら、たいていの人間は、まず死にたくないだろう。

どこでだって。

「ええ――やっぱり、そういうのって、ファンの幻想ですよね。スポーツの世界については、探偵として大したことは語れませんけれど――ミステリーファンは、『どうせ殺すなら、密室で殺して欲しい』とか、『殺すときは、不可能犯罪でお願い』とか、結構言っちゃうものです。私も子供の頃、言ったことがあります」

忘却探偵のエピソードだが、子供の頃の話だというし、これはそこそこの信憑性がありそうだ――と言うか、鬼庭警部も、言ったことはある。

今思い出すと、汗顔の至りだが。

「ええ、冷静に考えたら、どんな方法でも、殺されるのは嫌ですよね――自分の死なんて、とても実感をもってイメージできないから、どこか他人事みたいに想像してしまっていたんですよね」

「……何を仰りたいんですか？　今日子さん」

ただミステリー談義に花を咲かせたいわけではなく、今日子さんが何かを言わんとしていることはわかるのだが、しかしその内容がさっぱり見えてこない。

「現状、桃木両太郎さんが、『マウンドの上で死にたい』から、何らかの方法で『戦死』したという線は、考えにくいように思います——ですが、『マウンドの上で死にたい』という彼の発言を、真に受けた『熱烈なファン』が、彼の『望み』を『叶えてあげた』という線は、あるかもしれません」

つまり殺人というケースです。

と、言いながら、今日子さんはグローブを外した——右手から。

「左手でもいけると思ったんですけどねえ」

7

コントロールは滅茶苦茶だったとは言え、利き腕じゃない左手であんな剛速球を投げたのだとしたら、今日子さんは職業の選択を明らかに誤っていると思ったが、それはともかく——殺人。

もちろん、鬼庭警部としても、あらゆる可能性を考えていたつもりだが、なにぶん死にかた自体が不可解なので、そこまで具体的に推理を押し進められていなかった――殺人だとしても、単なる怨恨や、金銭目当てのような動機ばかりを想定していた。最近この球場の付近では盗難事件なども頻発し、治安がいいとは言えないようだし。

だが、桃木両太郎は有名人であり――それ以上に、スターなのだ。

『熱烈なファン』。

それは当然想定すべき容疑者だった。

近年、成績を落としていた桃木両太郎を、見るに堪えず――晩節を汚すさまを見るに忍びなく、犯行に及んだ。

力ずくで勇退させた。

球界から――そして人生から。

（いや、『晩節を汚す』ってほどまで、桃木両太郎の成績は酷かったわけじゃないし――十分に活躍していると言っていい水準だった）

ただ、アスリートが残す数字は、ある種シビアであっても、しかしそれの見方は主観的とも言える――全盛期を知っている『熱狂的』なファンならば、今の桃木両太郎のことを、尾羽打ち枯らしたように見ているのかもしれない。

ただ、そんな『熱烈』どころか、『熱狂的』な人間がそばにいたなら、既に名前が出てきてそうなものだ――偏見だと言われたらそれまでだが、人を殺すような人間は、やはり人を殺すような人間だと、職業柄、鬼庭警部は思わざるを得ない。

「今日子さんは、どう思います？」

バイアス抜きの意見が聞きたくて、鬼庭警部は、今日子さんに振った——探偵である今日子さんなら、むしろ、逆の意見を持っていそうなものだ。

『意外な真相』を看破することが名探偵の本懐なのだとすれば、人を殺しそうにない人間こそが、人を殺すような人間だと、そう思っているのではないか。

（これもこれで、偏見かもしれないけれど——）

しかし、今日子さんからの返答はなかった。

と言うか、ふと見れば、さっきまですぐそこに——マウンドの上に立っていたはずの今日子さんが、いなくなっていた。

（え？）

と思って辺りを見回す。

目を離すといなくなっている探偵だとは聞いていたが（『じっとしていられない』）、果たしてこんな近距離でも見失うものなのかと慌てたけれども、幸い、すぐに、その白髪は見つかった——いや。

幸いとは言いにくい。

彼女はマウンドから、さっきまで鬼庭警部がしゃがんでいたホームベースを通り過ぎ、バックネットの辺りにまで移動していたからだ——のみならず、その金網に手をかけ、よじ登ろうとしていたのだ。

「きょっ……今日子さん!?」

呼びかけ、駆け寄るも、間に合うわけがない。

だから遠過ぎるのだ、ピッチャー——キャッチャー間は。

ましてバックネットまでとなると——辿《たど》り着いたときには、既に今日子さんは、バックネットの中程まで、登ってしまっていた。

マウンドに上るだけでは飽きたらず、金網にまで登るのか。

どうやら彼女は、先ほど自分が（左手で）投げて、挟まったままになっているボールを取りに向かっているらしい。

（いや、正しいけれど）

勝手に使ったボールなのだから、ちゃんと回収すべきと言うのは——だが、それは自ら、よじ登ってやらなくちゃいけないことなのか？

きっちり、ロングスカートを股下で結んでいるあたり、一定の気品は保っているけれど、しかしその行動が、かなり野性的なそれであることは否めない——野良猫みたいだ。

「今日子さん！　危ないですよ、降りてきてください！」

「大丈夫ですー。私はその昔、ボルダリングを得意としていましたー。忘れましたけどー」

そんなとぼけたことを言いながら、しかし確かに上級者のようなライン取りで、今日子さんは挟まったボールのところにまで到達した。

「お願いしまーす」

言って、その位置から、抜き取ったボールをひょいと、鬼庭警部のほうへと投げた――と言うか、落とした。

鬼庭警部はグローブをつけっぱなしだったので、今度こそ、ちゃんとキャッチすることができた。

ボールは回収できたことだし、これで今日子さんは降りてくるだろうと、勝手に胸をなで下ろしていた鬼庭警部だったが、今日子さんは、その場にとどまって、身体をねじるようにして、グラウンドの景色を一望するようにしていた。

まあ、あの高さだから、それなりにいい眺めだとは思うけれど――ん？　あの高さ？

（高さ――）

と、鬼庭警部が、何かを思いつきかけた、まさにそのとき、

「あらっ」

と。

ボールをこちらに投げ落としてからこっち、片手でフェンスをつかんで体重を支えていた今日子さんが、つるっと手を滑らせた――落下する。

「きょ……今日子さっ……！」

反射的に落下点に入ろうとするも、しかし、間に合わなかった――忘却探偵は為すべもなく、地面へと墜落した。

両手両足を広げ、大の字になって。

結構な音がした。

すっかり取り乱し、狼狽《ろうばい》しつつ、鬼庭警部は、

「今日子さん！　しっかりしてください！」

と、彼女のそばにかがんで、あらん限りの大声で呼びかける――迂闊に動かしていいものかどうか、わからない。

見る限り、出血はしていないようだが……、眼鏡にヒビは入っていない。いや、眼鏡は重要じゃない――むしろ骨にヒビが入っているのでは？

そうだ、脈は、呼吸は――救急車！

「起きてください！」

「はい。おはようございます」

「うわっ！」

むくりと、何の前触れもなく。
呼びかけに応えて、今日子さんの目がぱちりと開いた——意識を取り戻したというよ
り、それは、ゾンビが蘇《よみがえ》ったかのような唐突さだった。
あるいはパソコンが再起動したかのような。
「だ、だい、大丈夫ですか？」
「はい。大丈夫です。意識はクリアです」
「そ、そうですが……」
てきぱき答えるその様子に当惑しつつも、鬼庭警部は、起きあがろうとする今日子さ
んを制する——意識を取り戻したのはよかったが、怪我をしていないとは限らない。
受け身をきっちり取ったのか……、そう言えば、落下するとき、両手両足を広げて、
大の字になっていた。ああいうときは、変に着地しようとするより、接地面積を大きく
して衝撃を分散するほうがいいという話を、聞いたことがないでもないが——そんなの
は理屈の話で、実践は不可能だと思っていた。
……ん？
意識を取り戻した？
と言うことは……。
「ところで」

と、今日子さんは、眼鏡の位置を直してから、笑顔でこちらに訊いてきた。

「あなた誰です？　ここはどこです？　……私、もしかして始球式に呼ばれたのでしょうか？」

8

今日子さんには、今日しかない。

彼女の記憶は一日ごとにリセットされる――より正確に言えば、寝て起きれば、それまでの記憶が消えてなくなる。

それが夜である必要はないし。

睡眠時間の長短さえ関係ない――一瞬でも意識を喪失すれば、それで条件を満たすことになってしまう。

それが彼女の、忘却探偵としての『守秘義務絶対厳守』という売り文句に繋がっているわけだけれども、当然のことながら、そこにあるのはアドバンテージだけではない――決して無視できないリスクもある。

もしも事件の調査中に、今日子さんが『眠る』ようなことがあれば、それは、それまでの捜査や推理が、完全に無に帰すということだからだ。

どんな事件であれ一日以内に解決する、今日子さんの『最速』は、そんな制限時間を際々でかいくぐるような危うさをはらんでいるわけで――裏を返せば、『犯人側』からしてみれば、今日子さんを調査中に眠らせてさえしまえば、名探偵の追及からはまんまと逃れられるということである。

それゆえに、彼女に捜査協力を依頼したとき、行動を共にすることになる刑事は、忘却探偵をそんな犯人の魔の手から守ると言うのも業務内容のひとつになるわけだけれど――もちろん、その辺りも、鬼庭警部は上司から言い含められていたけれど――しかし、本人の自滅というケースは、さすがにどうなのだろう。

勝手にバックネットに登って、勝手にバックネットから落ちて、勝手に気絶して、勝手に記憶を喪失するというのは――それとも、割とあることなのか。

実際、今日子さんは、そのための用心もしていた――長袖の左腕をまくると、そこには、『私は掟上今日子。25歳。探偵。記憶が一日ごとにリセットされる』と、彼女自身の筆跡で書かれてあった。

だから――実際、眠りから覚めたとき、彼女の記憶が何歳の時点まで『リセット』されるのかは、鬼庭警部にはわからないが――、彼女はすぐに、自分が何者なのかを認識した。

自分が忘却探偵であることを理解した。

だが、事件のことは、すっかり忘れていた。

プロ野球選手・桃木両太郎のことも、彼の謎の転落死のことも——なので、鬼庭警部は、いちから説明することになった。

なんという二度手間。

こうなると今日子さんの推理が、まだ試行錯誤の段階で、ほとんど進んでいなかったことは、もっけの幸いだったとも言える——いや、鬼庭警部に伏せていただけで、今日子さんの中には、何か仮説があったのかもしれないが。

何にせよ、今はそれよりも何よりも——彼女の頭の中身よりも、身体のほうが心配だった。ざっと確認した限り、骨折も打撲もしていないようではあるが、頭を強く打っていたら、あとから症状が現れると言うことはある。

本人に自覚症状どころか、落ちたときの記憶もないので、当の今日子さんは、

「何を言っているんですか、なんとも事実無根ですよ。私がおもむろにバックネットによじ登ったりするわけがないでしょう。ましてそこから落下するだなんて。捜査中にそんなわけのわからない行動をとる探偵がいると思いますか？　記憶がないからと言って、私に適当なことを吹き込もうとしても駄目ですよ。あなた誰です？」

という具合だった。

心配するのがばかばかしくなるくらい、堂々としたものだった——幸い、今日子さん

には左腕に書かれた備忘録があったように、こちらには警察手帳という身分証明書があったので、自分が誰なのかは、すぐに説明することができたけれど。

あと、前も後ろも土まみれになった自分の服を見たら、さすがの今日子さんも、己の不手際不面目を認めざるを得なかったようだ——なんだか、探偵というより、動かぬ証拠をつきつけられた真犯人のようだったが。

「ま、まあ、怪我がなくて何よりですよ、今日子さん——着替えられますか？」

白髪も土に汚れてしまっているし、いっそシャワーでも浴びてすっきりしたほうがいいかもしれないくらいだったが。

「……うーん」

と、しかし、今日子さんは、鬼庭警部の言うこと（慰め）が聞こえているのかいないのか、自分が手を滑らせた、バックネットを見上げていた。

自分の失敗が、そんなに納得いかないのだろうか——桃木両太郎が落下したのは、マウンドでのことなのだが。

「いえ、そうとは限らないですよ？　鬼庭警部」

と、今日子さんは、バックネットを見上げたままの姿勢で言った。

『鬼庭警部』のイントネーションが、先ほどまでと違う——記憶がリセットされても、すべてが前と同じ繰り返しになるわけでもないらしい。

微細な条件や要因があるのだろう。

「ピッチャーマウンドで転落死していたからと言って、そこが落下点だったとは限りません。違う場所で落ちた桃木両太郎さんを、ここに運んできたのかもしれませんよ」

ただ、その点については、今日子さんはまったく同じ話をした。

誰もが一番最初に思いつく、まっとうな仮説——なので鬼庭警部は、再度根気強く、死体を移動させたら、必ず痕跡が残って、それとわかるのだと否定した。

「死体を移動させたら、でしょう？」

と、今日子さん。

「つまり、死体じゃなかったら、移動させても、それとはわからないのでは？」

「え……、いや、まあ、それはそうですけれど」

ん？　なんだ、ぜんぜん違う話になって来たぞ？

「いえ、違う話にはなっていませんよ——だって、先ほど、鬼庭警部が仰っていたじゃないですか。桃木両太郎さんは、ほぼ即死だったって」

「ええ、言いましたよ」

しかも二度だ。二回も言った。

だからこそ、桃木両太郎の飛び降り死体が、どこかから移動させられたものだという仮説は成り立た——

「『ほぼ即死』です。『ほぼ』。幅があるってことです」

「…………」

『ほぼ』――で、『幅』？

なんだか、言葉遊びのようだが――え？

いや、確かに、『即死』と『ほぼ即死』は、厳密には同じではない。イコールではなくニアリーイコールだ――だが、それは改めて指摘されるようなことではなく、むしろ当然のこととも言える。

人間は機械じゃないのだから、そんな電源を落とすみたいに、命が『ぱっ』とは消えてなくなったりはしない――どこからを『死』と捉えるかの、定義上の問題もあっての、『ほぼ』であり『幅』なのではなかろうか。

だが、今日子さんがここで、何を言おうとしているのかは、興味深くもあった――それはさっき、彼女がバックネットから落下する直前に、鬼庭警部が考えつきかけていたアイディアと、繋がりそうでもあったから。

「まあ、だからたとえばですけれど。鬼庭警部が仰った仮説によれば、私はあの辺りから、落下したわけじゃないですか」

それは仮説ではなく事実だ。

だが、とりあえず拝聴する。

「同じように、桃木両太郎さんも、あの辺りから落下して、命を落とされたのだとしましょう――そして、致命的なダメージを負いました。『ほぼ即死』です――ですが、まだ生きているは、生きている。心臓が止まりかけていようと、呼吸が止まっていようと。そしてぎりぎり存命のうちに、這うようにして、マウンドまで移動された――そこで絶命された。この仮説で、不可解な状況に、一応の説明がつきませんか？」

それは――まさしく、仮説と言うか。

桃木両太郎が金網に登る理由がわからないし（まさかボールを取りに登ったわけでもあるまい）、さすがに、マウンドまで這って移動したのであれば、グラウンドや、着ていたジャージに痕跡が残るだろう。

『マウンドで死にたい』という思いがあったから、死に際に、最後の力を振り絞ってマウンドまで移動したというエモーショナルな仮説は、成り立たないではないにしても……。

「そうですね。じゃあ、誰かが運んだのかも――『マウンドで死にたい』という彼の思いをくみ取って」

「…………」

まあ、考えられなくはない――のか？

少なくとも『マウンド上で転落死』の説明はつく――どこか高いところから落下し

て、致命的なダメージを受けた直後、『死んでいく過程』のようなわずかな時間に、運ばれたのだという推理は、一概には否定できない程度には成り立つ。

さっき鬼庭警部が思いつきかけたアイディアは、それだったのだ――バックネットという『高み』に登った今日子さんを見て、あそこからなんとか、マウンドまでジャンプできないものかと考えたのだった。それは角度的には、やっぱり無理があるのだけれど――落ちてから運ばれた。

短距離なら、それもありえる。

あくまで、短距離なら、だ。

「『殺人』という視点で見るなら、どこか高いところから突き落とした被害者を、マウンドまで運んだということになりますね」

と、今日子さん。

しかし先ほどの自分の発言を撤回するように、

「でも、だとしてもそれは、私が落下したとも伝承されている、このバックネットからではないでしょうね」

と続けた――いや、発言を撤回するのは構わないが、自分がバックネットから落下したことを、『※諸説ある』みたいに語らないでほしい。

まぎれもない史実だ。

だが、落ちたのはバックネットからではないとする根拠はなんだろう。

「根拠は私自身ですよ」

すさまじい自信家みたいなことを言った忘却探偵だったが、しかしそれは、額面通りの意味だったらしく、彼女は鬼庭警部に、背中を見せたのだった——土だらけの背中を。

「こんなかよわい私が落ちても、怪我ひとつなかったくらいの高さから落ちたところで、アスリートが致命傷を負ったとは考えにくいですから」

「はあ——それはまあ」

記憶を失っているので、『怪我ひとつなかった』とは言いにくいし、受け身の取りかたが巧みだったし、何より金網によじ登るようなワイルドな今日子さんをかよわいと表現することは難しいが、バックネットの高さから落ちても致命傷にはならないという一点に限っては、同意できそうだった。

そこまでの高度はない……、もちろん、落ちかたや打ち所によっては、二階から落ちても人は死ぬけれども、桃木両太郎が受けていた全身打撲は、必ずしもそんなピンポイントなものじゃなかった。

「それに、桃木両太郎さんが夜の球場で、金網にえっちらおっちらよじ登っていたとは、考えにくいですし——あまつさえ、そこから落下したなんて」

たとえ犯人から脅されても、そんなことはしないだろう。鬼庭警部は、当てこすり的にそう言ったつもりだったが、

「ええ。そんな間抜けなことはありませんからね」

と、今日子さんは他人事のように同意するのだった――記憶喪失体質を、こんな便利に使いこなす人間が、いていいのだろうか。

儚《はかな》さとか切なさとかないのか。

むしろ図々《ずうずう》しい。

鬼庭警部が抱いたそんな印象を裏付けるように、

「ただ、間抜けさはさておくとしまして――つまり、リアリティはさておくとしまして、反対側に落下した場合は、その限りではありませんね」

と、更に前言をひっくり返すようなことを言った――撤回と言うより、たとえ記憶に残っていても、自分の推理や推察に、拘泥するつもりはまったくないらしい。

「反対側、と言いますと……？」

「グラウンド側じゃなく、観客席側に落ちた場合ですよ。観客席側からバックネットをよじ登り、観客席側に落下した。そうなると、落下点が土ではなく、コンクリートになりますから。それほどの高さじゃなくても、大ダメージを負います」

「ああ……なるほど」

さっき、記憶を失う前の今日子さんが言っていたところの、『高さよりも、地面の堅さが要因』という奴が。

記憶はなくしても、そういう基礎知識までを喪失するわけでもないらしい。

「……今日子さん、どれくらいの確信をもって、そうおっしゃっていますか？」

またぞろ、すぐに逆のことを言い出すんじゃないかと思い、そんな警戒するようなことを言ってみると、「確信はほとんどと言っていいほどありませんねえ」と、今日子さんはこちらを向いた。

笑顔が白々しくさえある。

いかに白髪の探偵でも、白々し過ぎる。

「バックネット付近から、マウンドまで這って移動するというのでも無理があるのに、観客席側に落ちた桃木両太郎さんが、『ほぼ即死』の『ほぼ』の間に、マウンドまで移動するというのは……、それだけの元気があれば、さすがに病院に向かうでしょう」

「別の人間が、観客席側から、彼をマウンドまで運んだという可能性は、あるんじゃないですか？　つまり、バックネットからなんらかの手段で突き落として――」

「その前に、何らかの手段で、彼をバックネットの上部まで、運ばねばならないわけですが――でも、この場合もやはり、桃木両太郎さんが、自らバックネットによじ登ったとは、考えにくいですよね。子供じゃないんですから」

子供じゃないのによじ登った人が目の前にいるが、筋道を立てた推理を述べてくれそうだったので、ここは黙った。

「何らかの方法で気絶させた『被害者』を、肩に担いでバックネットをよじ登り、観客席側に落として、殺害する。自分は金網を伝って降りて、そして再び彼を担いで、バックネットをよじ登り、二人でグラウンド側へと――そして彼をマウンドまで運ぶ」

「……できそうですか？」

「理論上はできるかもしれませんが、難しいと思います」

がしゃん、と。

今日子さんは、やや乱暴に、バックネットに手をかけた。また登り出すんじゃないかと――どころか、今度は更に『ものは試しです』なんて言って、鬼庭警部を背負って、ボルダリングに挑もうとするんじゃないかと思ったが、幸い（本当に幸い）、今回はあくまで、手をかけただけだった。

それもそのはず、

「この金網の強度じゃ、大人二人分の体重は、とても支え切れませんよ。ぐにゃって、ゆがんじゃいます」

と言うのだった。

可愛らしい擬音で表現しているけれど、こんなバックネットに登っている最中に、金網が『ぐにゃって』ゆがんじゃったら、大変な事態である。

犯人ともども落下し、殺人が無理心中になる。

（……いや）

「それを言うなら、今日子さん。一人でだって、無理じゃないでしょうか」

「え？　そうですか？」

きょとんと、首を傾げる今日子さん。

どうもこの人は、自分にできることは誰にでもできると思っている節がある——もちろん、鬼庭警部だって、どうしてもやれという、逆らえない命令を受けたならば、金網を登るくらいのことはやる。修練で柔道を習っている身だ、いざとなれば飛び降りて、受け身を取ってみてもいいだろう——だが、それができるのは、鬼庭警部が、体格が小柄で、身軽な女性だからだ。

脂の乗った男性アスリートで、かなり筋肉質だった桃木両太郎である——体重は今日子さんの、下手をすれば倍以上あったんじゃないだろうか？

今日子さん二人分。

それだって——大人二人分である。

「ああ——体重。なるほど」

今日子さんは、納得したように頷いた。

そして改めて金網を見やる。

「これは迂闊でした。私、身体の重さなんて、気にしたことがありませんでしたから」

「………………」

すごくうらやましいこと言ってるな。

まあ、そんな今日子さんだったからこそ、あの高さからの落下にも、大したダメージを負わなかったというのはあるだろう――記憶を失う『程度』で済んだ。

「登れなかったから落ちたのだ――という見方もできるでしょうが、登れなかったなら、落ちるような位置まで、到達できないですよね」

「ええ。それでもプロの身体能力ですから、絶対に登れないということはないでしょうけれど、必ず、金網にその痕跡は残るでしょうねえ。落ちないように強く握って、変形しちゃったり」

んー、と言いながら、今日子さんは一応、金網の形状をチェックする――鬼庭警部もそれにならったが、やはり、そんな跡は見当たらなかった。

むしろ、フェンスに何の痕跡も残さずに登ってみせた今日子さんの体重が、いくらなんでも軽過ぎるのではないかと心配になる……、それとも、落下したときと同じで、彼女は体重を分散させるのが上手なのだろうか？

「まあ、一応バックネット以外のフェンスも、チェックしてみましょうか――一塁側スタンドや三塁側スタンドにだって、それなりの高さの金網はありますし」

本当に『一応』というようなニュアンスで、今日子さんは歩き出す――かすかな可能性を追っていると言うよりは、否定された可能性を、更に徹底して、完全に潰《つぶ》しておきたいと言うような態度だった。

まあ、それくらいの丹念さがなくては、探偵がよくやる、消去法による推理なんて成り立たないか――もちろん、鬼庭警部も、それに付き合うにやぶさかではなかった。

逆に、ここではっきりと、金網が不自然に歪んでいる箇所を発見できれば、それで事件は解決に近づくのだ。

「既にお訊きしたことかもしれませんが、鬼庭警部。この野球場の、警備態勢はどのようになっていたのでしょう。夜中に忍び込むことは、可能だったのでしょうか」

確かに、既にお訊きされていた。

今日子さんがバックネットに登る前、ベンチの中でだ。

「もちろん、関係者以外立ち入り禁止でした――この辺りは決して治安のいい地域でもありませんしね。ただ、逆に言えば、関係者なら、立ち入ることは容易だったとも言えます」

盗まれるようなものが置いてあるファシリティでもない――予算の都合もあるのだろう、必ずしも厳格だったとは言い難い。もちろん、お金を払って入らなくてはならない、観客席への出入り口は堅く封じられているけれど、『熱烈なファン』なら、関係者用出入り口を知っていたかもしれない。

「ふむ……ならば、球場の外部から、『ほぼ即死』状態の桃木両太郎さんが、球場内に忍び込むことも、あるいは可能ということですね？」

「可能……でしょうが」

ただ、忍び込むことは可能でも、忍び込むことが可能なら、病院に向かうだろう——自殺でなければ。

ただ『どうせ死ぬならマウンドで死にたい』はまだわかっても、『マウンドで死にたい』は、完全に理解不能だ——百歩譲ってそれが本心だったとしても、だったらどこかで飛び降りてから、瀕死《ひんし》の状態でマウンドに移動する必然性なんてない。

最初からマウンドの上で死ねば……。

（いや……結構、無茶か？　あんな何もないところで死ぬなんて……）

飛び降りはもちろん、首吊《くび》りもできない——できるとすれば服毒だろうが、毒の入手ならば他の手段に比べて簡単だとは思えない。

とすると、刃物を使ったリストカットや割腹《かっぷく》自殺というような、かなり手荒な方法を採ることになるわけだが——それはもう、野球を知らない素人《しろうと》でも、やっちゃ駄目だと思うような自殺手段だろう。

神聖なマウンドを、大量の血液で汚すなど——ピッチャーなら絶対に避けたいと思うはずだ。

（そう考えると、『どこか他の場所で飛び降りて、それからマウンドに移動した』っていう仮説自体は、真実味があるのよね。死に場所はマウンドがいいけれど、死因を負うのは、それ以外の場所がいいって気遣い——）

ただ、そんな精神性や、意識の高さに依拠した仮説を立てるよりも、誰かが球場の外から、瀕死の桃木両太郎を運び込んだと考えたほうがいくらか可能性は高そうだ。

（『殺人』……いや、となると、自殺幇助《ほうじょ》という線はあるのかしら？　どこかから飛び降りて、『ほぼ即死』となった自分を、マウンドまで運んでもらうように、あらかじめ手はずを整えて——）

そんな都合よく、運搬されたと露見しにくい、『ほぼ即死』になれるかどうかは疑問視すべきだが、今の段階で、排除すべき特段の理由はない仮説だった。

強いて言うなら——

「やはり、グラウンドを囲むフェンスから落下したという線はなさそうですね。フェンスのどこにも、異状は見当たりません」

「そうですね。必要ならば、後ほど鑑識係に調べてもらいますが——たぶん、成果はあがらないでしょう」

もちろん、出来立てほやほやの球場というわけでもない、フェンスに何の傷みもないわけではないが、しかし、桃木両太郎のようながっしりとした大の男が、登ったというような形跡はない――ひとまずは可能性から、除外してよさそうだ。

「外野スタンドへは、垂直な壁で、とても登れそうにありませんし……、観客席側からは入れない。それに、高さがぜんぜん足りませんし――ホームランポールの最上部までよじ登れば、かなりの高さを確保できそうですけれど、しかし、そこまでの身体能力があれば、勇退を考えることも、晩節を汚すこともないでしょう。こうなると、球場の外に可能性を見いだすべきでしょうか」

さほどがっかりした様子もなく、むしろ可能性を完全に潰したことに満足したようで、今日子さんはそのままその足で、ベンチのほうへと向かう――球場外の視察に向かうつもりだろうか。

球場の警備態勢を確認（厳密には再確認だったが）したところを見ると、たぶん、今日子さんも鬼庭警部と同じようなことを考えているだろうが――ただ、立地条件を考えると、その『球場外から、瀕死の桃木両太郎が運び込まれた』という可能性もまた、成立しづらいとも言えた。

確かに、グラウンド内に、落下ポイントはなかったのは確かだけれど、だからと言って、球場の外になら、そういう場所があるかと言えばなかなか難しい――球場のそばには、高いビルなんて、隣接していないからだ。

（そう、強いて言うなら――）

強いて言うなら、広大な駐車場と、広大な公園に囲まれていた。

要するに広大で、平地ばかりだった。

「…………」

球場から出た今日子さんは、その風景には、いささか面食らったようだった――球場を訪れる際に見ているはずなのだから、ちょっと驚き過ぎじゃないのかと思ったが、

（そうか、忘れているんだ）

と、すぐに気付く鬼庭警部。

だから球場の外部に、鬼庭警部よりも強い期待をしていたのだろう。だが実際は、グラウンド内と五十歩百歩の、平面世界である。

もちろん、地面の材質はそれぞれ違うけれど――飛び降りるような高さのある、『飛び降り台』はない。

屋根のない球場だが、ビルの屋上から野球を見物される心配はないというわけだ――球場も、駐車場も、公園も、運営母体が同じだから、トータルでデザインされているから、こういう風景になっているのだろうけれど。

「いいじゃないですか。付近で飛び降り自殺者が出ないように、配慮がされているかの

ようです」

肩を竦めて、気を取り直すように言った今日子さんだったが、さすがに虚勢っぽかった——ほめそやすような発言に、やや棘《とげ》がある。

「でも、今日子さん。スタジアムエリアから外に出れば——道路を一本またげば、ビル群も見えてきますよ。平べったかった風景がデコボコしてきます」

そんな筋合いもないのだが、一帯のデザイナーをフォローするように、鬼庭警部が言うと、今日子さんは、「それでは、距離があり過ぎますねえ」と、首を振った。

「『ほぼ即死』。瀕死の状態の桃木両太郎さんが、生存しているうちに、マウンドまで運ぼうと思えば——この際『自力で移動した』でもいいんですけれど——、それが可能な範囲は、どんなに広く見積もっても、球場周辺に限られるでしょう。……ここにビルが一棟建っていれば、すべて解決だったのに」

いちゃもんみたいなことを言う今日子さん——存在しないビルを探すように、それでも球場の周りを歩く足を止めない。人が飛び降りるためのビルディングを建てようとする業者なんているはずもないが、この辺りの丹念さは、なんというか、本職の刑事さながらに徹底している。

同世代の女性の、そんな仕事ぶりを見ることができただけでも、今日は鬼庭警部にとって、収穫の一日だったわけだが——しかし残念ながら、このままだと捜査は、暗礁に乗り上げたところで、幕を下ろすことになりそうだ。

日が暮れつつある。

もう曇っていようと晴れていようと日焼けの心配のいらなくなる、すなわち、一日の終わりだった。

いや、もちろん警察としての捜査は続くのだが、忘却探偵への依頼は、一日の終わりと共に、取り下げざるを得ない——そういうこともある。必ずしも今日子さんは、行くところ可ならざるはなしというような、万能の探偵ではないのだから。

一日で解決——というのは、あくまでもキャッチフレーズであり、現実はそううまくはいかないし、更に言えば、捜査の主体は警察機関だ。

探偵に頼り切ったりはしない。

『ほぼ即死』という言葉の綾《あや》をついた、『瀕死状態での移動・運搬』案を出してくれただけでも、今日子さんは十分に、捜査のアシストという仕事を果たしてくれたとも言える——その可能性は薄くなってきたとは言え、桃木両太郎の、謎めいた墜落死に一筋の光明を与えてくれたのだから。

現場を仕切る責任者としては、捜査は十分進展したと言えるし、またいち警部としては、彼女の姿勢から学びもできた——ただ、抱いていた『名探偵』に対する幻想を、少なからず破壊されたところもあったけれど。

仕事ぶりだけでなく、醜態を見せられた。

それはそれで、勉強になったと言うべきなのか——ただ、もしもあのとき、よじ登ったバックネットから手を滑らしたことで、今日子さんの記憶がリセットされていなければ、ひょっとすると今頃は、探偵は真相にたどり着いていたかもしれないと思うと、つくづく、悔やまれもする。

たとえ彼女が最速の探偵でも、途中段階で『振り出しに戻る』があったのでは、減速しようというものだ——それに、ベンチの中で事件の概要について話している最中、今日子さんは何らか、着想を得ていたようでもあったじゃないか。

(なんて呟いていたんだっけ……、確か)

「名誉の死……」

「はい？」

と、今日子さんは、耳聡《みみざと》く、鬼庭警部のそんな呟きを聞き逃さなかった。

「今、なんと仰いました？　鬼庭警部」

「い、いえ」

私が言ったんじゃなくって、あなたが言ったんです——と説明したかったけれど、くどくどしくなってしまうので、鬼庭警部はやめた。

それこそ記憶喪失の人間を詐欺にかけているかのようで後ろめたさがあったけれど、

ともかく、

「な、なんとなく、気になったんですよ。『名誉の死』というフレーズが。私にはそれが、この事件の肝であるような気がしてならないんです」

と説明した。

自分の気持ちでも自分の発想でもないので、言っていることがかなり曖昧だ——他人に感情移入し、自分の気持ちを代弁してもらうのならばまだしも、まさか感情移入もできていない他人の気持ちを、自分が代弁する羽目になろうとは。

ただ、無理矢理にでも話してみると、なんだか、これは今更という気もする——記憶がリセットされたあとの今日子さんとも、さんざん議論したところである。『どうせ死ぬならマウンドで死にたい』という『名誉の死』——それが自分で演出したものにせよ、他人で演出したものにせよ。

直接的に、そんなフレーズに言及することこそなかったものの、していたのはずっと、そんな話だった。

だからあまり、意味なんてないのかもしれない——『鬼庭警部』のイントネーションが、リセット前とリセット後で、違うくらいの意味しかないのかも。

「名誉の死……名誉の死……名誉の死……」

ただ、当の今日子さんは、まさかそれが自分の発想から生み出されたフレーズだとはつゆ知らず、口の中で精査するように、何度も呟く。

「…………」

「あ、あの……今日子さん？」

「…………」

「きょうこさ」

「鬼庭警部、ここで待っていていただけますか――私はちょっと走ってきます」

「は」

走る？

言うが早いか――まさしく言うが早いか、今日子さんはその場から駆け出した。

完全に陸上選手の走りかたで。

今度は、スカートに構わず、翻《ひるがえ》るに任せて。

なんのつもりかと思ったが、あっという間に小さくなっていく今日子さんの動線を見る限り、どうやら球場に沿う形で走るつもりらしい――ここで待つよう、鬼庭警部に言ったところを見ると、あのまま球場の外側を一周するつもりだろうか？　確かに、ランニングコースにもなっているようだけれど――高い建物を求めて、いてもたってもいられなくなった？　タイムリミットが迫ってきたことで、さすがに焦って？

だったらその辺りの看板地図を見るだけでもことは足りるのだし、走ったところで、いきなりビルが建つわけでもないのだが――それに、あんなスピードで走ったら、転ぶのではないかと心配になる。

アスリートが全力で走って、壁に激突したら死ぬかもしれないと言っていたのは、リセットされる前の今日子さんだっけ、リセットされたあとの今日子さんだっけ……そんなことを考えているうちに、

「鬼庭警部！」

と、後ろから勢い込んだ声がかかった。

はやっ！

もう一周してきたの!?

「ありがとうございました！　あなたからいただいたヒントのおかげで、事件の真相が推理できました！」

息が荒いのは、もちろん、スタジアムを一周してきたからでもあるのだろうが、しかしそれを差し引いても、今日子さんはハイテンションだった――頬《ほお》を紅潮させた笑顔で、鬼庭警部の手を熱烈に握ってくる。

「本当にありがとうございました！　すばらしいヒントをいただきました、あなたは最高の警察官ですよ！　私はあなたと共に仕事ができたことを、心から光栄に思います！」

「…………」

罪悪感が半端じゃない。

記憶喪失の人間に詐欺を働いているどころか、これでは手柄を強奪したようなものだった——球場だけでなく、一周して、ほとんど自画自賛しているような今日子さんを相手に、釈明するのも、なんだか滑稽である。

更に言えば、今日子さんはこれまで『共に仕事』をした警察官を、全員忘れているはずなので、その評価もあまり鵜《う》呑《の》みにはできない——なので、それはともかく。

事件の真相が推理できた？

だって？

「きょ、今日子さん——本当ですか？」

「あなたに嘘はつきませんとも、鬼庭警部」

過大評価はやめてほしい。

こんなズルで好感度をあげたくない。

「で、では——ベテラン投手、桃木両太郎さんの飛び降り死体が、どうしてマウンド上で発見されたのか、それがわかったと仰る？」

念を押すようで恐縮だったが、しかし相手が忘却探偵であることを思うと、ここは慎重にならざるを得ない——記憶がリセットされたときに、何か勘違いをしている可能性もあるのだ。

「はい。あなたのおかげで」

なんだか背徳感で死にそうだ。

他人に自分を代弁させる完成型とも言えそうなやりとりだったが、これ以上感謝される前にと、鬼庭警部は今日子さんに先を促した——いったいあのヒント（自己ヒント）が、どのように作用したのかは定かではないけれど、おそらくは複雑怪奇極まるであろう、不可思議な事件に対する真相を、自分の理解力の低さで誤解することがないように、

「では、桃木両太郎さんは、どこから地面に落ちたんですか？」

と、端的に質問する。

マウンド上での出来事だったにせよ、どこか他の場所での出来事だったにせよ——彼はどこから地面に落ちたのか。

究極的に、この事件の謎は、その一点に尽きる——それさえわかれば万事解決とは言わないまでも、糸口はつかめるはずだ。

そう思った鬼庭警部だったのだが、しかし今日子さんは、

「その質問の立てかたは、正しくありませんよ。あなたらしくもない」

と指を振るのだった。

この期《ご》に及んでの過大評価はいっそ聞き流すとして——正しくない？　ならば、どういう質問の立てかたが正しいのだ？

「『どこから地面に落ちたのか』ではなく、『どこの地面から落ちたのか』を、問うべきなのです」

「ど、どこの——地面から？」

「たとえば——ここの」

そう言って、今日子さんは足下を指さした。

彼女は今、マンホールの上に立っていた。

9

落ちる高さよりも、落ちた先の地面の堅さが問題なのだと、それは記憶を失う前の今日子さんも、失ったあとの今日子さんも言っていた——だが、それもまた、仮説の立てかたが間違っていた。

なぜなら彼、桃木両太郎は、地面に落ちたのではなく、地面から落ちたのだから——言われてしまえば、そんなもの、複雑怪奇どころかシンプル過ぎて、盲点でさえない。

むしろ見え見えだ。

平べったい駐車場と公園ばかりで、遮るもののないこの一帯には、あふれるほどに存在していた——今日子さんが走り出したのは、どうやら球場周りのマンホールの数、位置取りをチェックしていたらしかった。

思いついた瞬間に動いている。

思考も、行動も、速過ぎる。

いったいそんな最速の探偵に、誰がついていけるというのか——たとえ自分が最高の警察官だったとしても、無理な気がした。

電柱の数は減る一方だが、人が住み、活動している場所なら、どこにだって地下水道はある——マンホール、すなわち、それに通じる出入り口も、だ。

見え見えなのだ——誰も見ていないだけで。

(『飛び降り死体』と聞けば、普通、高いところから落下したのだと思う——辺りにそれとおぼしき高所がなくっても、そう思う)

マウンド上で発見された『ほぼ即死』の桃木両太郎が、他の場所で墜落死したものだという仮説のほうは正しかったけれど、探すべきは、『高いところ』ではなかった。

(盲点と言うより——論理の穴だ)

穴。

文字通り過ぎて言葉もないが。

強いて言うなら、死体発見現場がマウンド上であり、野球場のグラウンドだったという先入観が、妨げになった――穴どころか、ちょっとしたくぼみの存在さえも許さないほど整備されるのが当たり前の、野球場のグラウンド。

地面の絶対性を信じさせるには十分だった。

ただ、そんな思い込みが払拭《ふっしょく》されてしまえば、あっと言う間に真相は明るみに出た――それは真相と呼ぶのもおこがましいくらい、あっけないものだった。

(こう言っちゃあなんだけれど、今日子さんに依頼しなくても、地道に捜査を続けていれば、いつかは明らかになっただろう――だが、その速度と来たら)

警察機関が民間の探偵を頼ることを、鬼庭警部の上司のように苦々しく思う者ももちろんいるが、今日子さんが重用される本当の理由は、有能さや忘却ぶりもさることながら、存外、『最速』に特化した部分なんじゃないかと、最終的に思わされた――彼女が乗車券ではなく特急券であるから、警察の体面が傷つけられることはないという、職業探偵としての線引きとも言うべき弁《わきま》えた感が、贔屓にされる要因なのだろう。

そういう意味で、ヒントをもらったのは、やはり鬼庭警部のほうだった――今日子さんがマンホールを指し示したことで、彼女はほとんどすべてを察した。

謎解きの場面や、名探偵の演説なんていらなかった――図面も図解も必要ない。必要なのは、部下を動員した人海戦術、徹底したローラー作戦による、聞き取り調査だけだった。

その成果をまとめると――あの日の夜。

いつも通り、『科学的知見に基づかない自主練』の一環として、桃木両太郎投手は、球場周りをランニングしていた――ランニング用のジャージを着ていたことから、それは予想できたことでもあったが。

今日子さんがいきなり、球場の周りを走り出したのは、マンホールの位置をチェックするという作業的な意味合いの他にも、その行動予測のトレースという側面もあったようだ。

しかし、捜査陣のみならず、桃木両太郎にとっても予想外だったのは、球場周りのマンホールの蓋が、盗難に遭っていたことだ――『熱烈なファン』による犯行である。

（決して治安のいい地域でも――ない）

マンホールの蓋なんてどうするんだと、鬼庭警部あたりは思うけれど、しかしなにぶん球場私有地のマンホールの蓋なので、球団のマークが入っていて、それゆえに『ファンアイテム』として盗難に遭うことが、ままあるのだとか――オークションで販売すれば、それなりの値段にはなるのだとか。

十分、『盗まれるようなもの』なのだそうだ。

まあ、単に金属の固まりとして価値を見いだされ、盗難されたという可能性もある

──その辺りは別の捜査になるけれど、ともかく、地面にぽっかりと開いたその『穴』に、桃木両太郎は、落下した。

思わぬ穴──落とし穴。

むろん、それほどの『高さ』でもないが、落下した先はコンクリートだ──地面の堅さ、プラス自体重。夜半に、更に暗い場所への落下だから、受け身を取ることもできなかっただろう。

ゆえに、『ほぼ即死』のダメージを負った。

……不幸な事故というしかない出来事だが、しかし起こり得ることでもある──不可思議でも謎めいてもいない。

事件が複雑化したのは、そんな瀕死の彼を発見したのが、悲鳴を聞きつけて直後に駆けつけた球場警備員達だったことだ。

タイミングがいいとも言えるが、しかし彼らがマンホールの蓋が盗まれるところに居合わせていれば悲劇は起きなかっただろうことを思うと、やはり遅かりしと言うほかない。

懐中電灯で照らせば、誰かが下水道の中に落ちていて、死にかけていることがわかった──球場職員であるがゆえに、彼らには、それがベテラン投手・桃木両太郎であることも。

もちろん、すぐに救急車を呼ぼうと考えたが——はしごを伝って、竪穴を降りて見れば、それが無駄であろうことは、ひと目でわかった。

まあ、実際にはどうだったかなんて、あとからでは検証のしようがないけれども、少なくとも彼らはそう思った——そしてこうも思った。

『でも』

『あの桃木両太郎を、こんな風に死なせてはならない』

と。

ピッチャーはマウンドで死ぬべき、なんてことを、真剣に思ったわけではなく——トレーニング中に、ぽっかり開いたマンホールに気付かず、日の当たらない地面の下に落下して死んだ、なんて、そんないかにも物笑いの種にされそうな死にかたを、偉大なピッチャーにさせるべきではないと、ほとんど義務的に、そう思った。

そんなバラエティ番組やギャグマンガみたいな死に様が、どんな風にマスコミに取り上げられ、どんな心ない声を浴びせられるか、想像に難《かた》くはなかったから。

気持ちがわからない——とは、言えない。

桃木両太郎投手がバックネットによじ登って落下した、という仮説を、どうにもうまく飲み込めなかったのは、そんなことをする理由がわからないからと言うよりは、その死にかたが、不似合いなほど滑稽だったからだ——記憶がリセットされた今日子さんが、そんな不手際を認めなかったのと理屈は同じで、だからもしもバックネットから落ちたのだとすれば、それは誰かに落とされたのだと、自然に考えていた。

プレートにつまずいて転んだなんて論外だし。

野球ファンでは決してない鬼庭警部も、ベテラン選手が、マンホールに落ちて死んだなんて、そんな『墜落死』をしたと聞けば、直感的に、何かの間違いだと思ってしまうだろう。

だから、発見者達は。

その間違いを正そうとした。

ならば『どうせ死ぬならマウンドで』より、その動機は強かったと言える――『どうせ死ぬのに、下水道の中で』を、なんとしても彼らは、避けさせようとした。

『名誉の死』を与えようとしたのではない。

『不名誉な死』を、正そうとしたのだ。

考えかたが逆だった――地面に落ちたのではなく、地面から落ちたのだし、『名誉』を基準にするのではなく、『不名誉』を基準にするべきだったのだ。

(ヒントにもなってないけれど……)

しかし強い動機にはなるだろう。

人は、正しいことをするよりも、不正を正そうとするものだ。

間違いを正そうと、『ほぼ即死』だった瀕死の桃木両太郎を、球場に運び込み、マウンド上に安置すること自体は、おこなうのが警備員なら、何の障害もなかっただろう。

桃木両太郎の体軀《たいく》をマウンドに置いたことで、『どこから飛び降りたかわからない飛び降り死体』が出現してしまったが、何もそれは、『ミステリーファンが、好きが高じて不可能犯罪を成立させたく、わざと不可能状態を演出した』わけじゃあなかった——可能とか不可能とか、そんなことは考えもせず、ただ、もっとふさわしいと思われる、もっともふさわしいと思われるポジションに、ピッチャーを采配《さいはい》しただけのことだった。

強いて言うなら、ミステリーファンではなく、『野球ファンの、好きが高じての演出』——もちろん、いずれにしても誉められたものではないし、直後に救急車を呼んでいれば助かっていた可能性もあったことを思えば、当然彼らは、罪に問われてしかるべきだ。

ひょっとしたら、死に際の桃木両太郎が、うつろな意識の中で、発見者の警備員達に、そんな『お願い』をしたんじゃないかという推理も成り立ったが、それは警備員達の口から否定された——発見した時点で、彼にはもう意識はなかったそうだ。

目立たない場所のマンホールから蓋を移動させるというような隠蔽工作もおこなっていたし、彼らは自分達のやっていることに、自覚的だったたし、主導的だった。

勝手な判断だった。どうかしていた。

気の迷いだった。雰囲気に流された。

なんで、あんなことをしてしまったかわからない。

偽ろうともせず、ごまかそうともせず、彼らは一様に、反省の言葉を口にした——だけど。

だけどあのときは、そうするのが正しいように思えたのだ——とも、続けた。

（……結局、自己投影なのだろう）

こんな風な死にかたをさせてはならない——というのは、『こんな風には死にたくない』という気持ちの、裏返しだ。

相手が偉大なピッチャーであることも、究極的には関係ない——いや、偉大なピッチャーだからこそ、よりはっきりと、自分を投影する鏡になりえるのかもしれない。

投影された桃木両太郎のほうはいい迷惑だったかもしれないし、本人は、死ぬのならどこで死のうと同じだと思っていたかもしれない。だが、そんなファンに、マウンドの上で看取られた彼は、幸せだったのかも——いや。

これさえも自己投影だ。

被害者の気持ちを語っているようで、自分の思いを語っているだけ——死ぬときは、親しい人間に囲まれて死にたいと思っている、自分の気持ちを押しつけているだけに過ぎない。

彼の死にかたや、彼の死に様から何を見いだすか、どんな風に思うか、どう意味づけするかは、結局、見た側、思った側にとってしか、無意味なものなのだ。

マンホールに落ちて死んだ彼を笑う者があれば、それは笑われるのが死ぬほど嫌な者なのだろうし、マウンドで死んだ彼を称える者があれば、それは称えられることに死ぬほど憧れている者なのだろう――死は、ただの死でしかない。

あんな風になりたいとか、あんな風にはなりたくないとか――つきつめれば全部、自分の話だ。

（でも、今日子さんはいったい、どんな風に思ったんだろう――桃木両太郎の墜落死について）

それについて、彼女は何も言わなかった。

何も語ろうとしなかった。

訊かれなかったからというのもあるだろうが――訊いたらさらっと、何らかの所見を述べてくれてはいただろうが、しかし、もう遅い。

あれから日が暮れて、夜が明けて。

忘却探偵は、事件のことを忘却した。

どころか、あのとき、自分が立ったマンホールを指さして、桃木両太郎は地面から下水道に落ちたのだろう、という推測を示唆しただけで、依頼された仕事——今日の仕事を終えたと判断したらしく、そのあと、あっさりと彼女は球場から帰ってしまった。

確かに、そこから先は警察の領分だったが。

だけど、落下したピッチャーが、自力でマウンドまで移動したのか、誰かに運ばれたのか、運ばれたのだとしたら誰に運ばれたのか、マンホールの蓋はどうして外れていたのか、盗まれたのか工事中だったのか、そもそもマンホールに落ちたというその推測だって、正解なのかどうかだって、その時点では、まだわからなかったのに。

わからないままで、彼女は引き上げた。

真実を知りたいとか、謎を解きたいとか、そんな探偵らしい振る舞いを一切見せない、弁えてる感——いや。

もはや割り切っている感、というべきか。

名誉も不名誉もいらず、ただ仕事をするというその態度は、確かな潔さと取れたが、しかし、『同じ女性として』なんて考えていた鬼庭警部の目をさまさせるには、十分な虚無感でもあった。

(すべてを忘れるあの人には、感情移入する対象も、自己投影する対象も、さっぱりないのかもしれない——『私』がないから、何もない)

忘れるということは、決して積み重ならないだけじゃない——未来に辿り着けないだけじゃない、地面のように絶対的であるはずの現在という基準からも、遅れ続けていくことだ。それは、さながら永遠の奈落《ならく》に向けて、深い闇の底のない底に向けて、落下し続けているようなものだった。

（那辺《なへん》とも知れない先に、飛び降り続けているようなもの——ふさわしい死に場所になんて、いつまでたっても到達できない）

だからこそ、彼女はあんな風に、自分の気持ちを抜きにした、徹底したトレースをおこなえるのだろう——忘却探偵の『忘却』という冠《かんむり》は、機密保持、守秘義務厳守という利点を表したものだと思われているし、鬼庭警部もそう思っていたが、そうではなく、何にも、誰にものにも自分を見いださない、見いだす自分を忘れているから先入観なく推理できるという、そんな利点でも、あるのかもしれない。

（だけど、それじゃああの人は、どこにいることになるだろう。他人が自分の鏡だとしても、でも、そこに何も映っていないって言うんじゃあ——今日子さんは、この世にいないのと同じなんじゃないのかしら？）

（掟上今日子の飛び降り死体——忘却）

第三話　掟上今日子の絞殺死体

1

山野辺《やまのべ》警部はふたつのことに怒っていた。

ひとつは現在取り組んでいる事件のやりきれなさについて、もうひとつは、そのやりきれない事件に、わけのわからない探偵と共に取り組まなければならない不条理さについて。

とにかく怒っていた。

(あの忘却探偵と、またも仕事をすることになるなんて——腹立たしい)

山野辺警部は、彼女が所属する署内では珍しい、反忘却探偵派だった——というか、署内に反忘却探偵派は、彼女しかいなかった。

派閥を構成できていない。

みんな当然のように、あの白髪の探偵をアドバイザーとして受け入れている——一再ならず民間人に職掌を侵されることに、まったく抵抗を感じている様子がない。

それがどれだけおかしなことなのか、わからないのだろうか？　いくら上層部の肝煎《きもい》り——いや、お気に入りの探偵だからと言って、推理ドラマでもあるまいし、私立探偵が当たり前みたいに事件の捜査に参加するなんて。

もちろん、何度か共同捜査に臨んだときの、忘却探偵の手腕を見れば、なるほど、彼女は間違いなく優秀なのだろうし、実際、成果をあげてもいるのだろう——『最速の探偵』としての彼女のお陰で、スピーディに解決した事件が数々あることまで、否定しようとは思わない。

だが、それでもけじめはつけるべきだ。

捜査はあくまで、プロが担当するべきなのだ。

(こんなことを言っていると、それこそ推理ドラマの、守旧的な、頭のお堅い警部みたいだけれど——現実じゃあ、そのほうが正しいはずなんだ)

事実は小説より奇なりと言うなら、より一層、ルールを徹底するべきである。

だから今回、上司が既に、置手紙探偵事務所に依頼をしたと聞いたとき、全力で抗議をしたものの、残念ながら成果はあがらなかった——既に決まった申し送り事項だ、今日子さんは既に現場に向かっているから、合流するようにと言われた。

それは事実上の命令であり、山野辺警部の立場では、従うしかなかった。どうやら理解のない上司は、なぜか（同世代の同性だからという理由だろうか）、山野辺警部と忘却探偵が、相性のいいコンビだと思い込んでいるようで、何かと組まされがちなのだ。

（誰が忘却探偵係だ）

と、不満たらたらで、しかしとにかく、山野辺警部は事件現場に向かった――彼女は怒りっぽい人間ではあったが、そんな個人的感情を職業意識よりも優先したりはしなかった。忘却探偵のことがどれほど嫌いでも、その気持ちを抑えて、仕事に臨む――事件現場は、とある総合病院。

その一室だった。

「…………」

「ぐう、ぐう、ぐう」

ベッドで白髪の探偵が寝ていた。

眼鏡を脇に置いて、すやすや気持ちよさそうに。

カットソーのシャツに、チェックのキュロット、足は白いオーバーニーソックスにくるまれている――病院のベッドで眠るには、あまりにファッショナブルで、ニルアドミラリどころか、その様子はほとんどグルーサムでさえあった。

少なくとも『眠り姫』感はまったくない――どころか、ふてぶてしくさえある。

はあー、と大きくため息をついてから、

「今日子さん！」

と、山野辺警部は怒鳴った——そう広くはない病室の中に響いたその大声に、今日子さんは「………」と、静かに目を開いた。

寝起きはいいのだ。

そして、眼鏡を手にとりつつ、彼女は入り口に仁王立ちする山野辺警部のほうを見て、むっくりと身体を起こし、彼女はこう言う。

「初めまして。あなた、誰です？　私はどうしてここに……」

2

忘却探偵、掟上今日子。

彼女の記憶は眠るたびにリセットされる。

どんな一日を過ごそうと、寝て起きれば、その日あった出来事を、すべて忘れてしまう。

その『物忘れのよさ』を活かして、彼女は探偵業を営んでいるのだ——どんな機密に触れようと、どんなプライバシーを知ろうと、それを翌日には忘れてしまう特性は、どんな同業者よりも確実に、守秘義務を厳守できるアドバンテージを、彼女に与えている。

公的機関である警察庁が、忘却探偵をはばかることなく重用できる理由は、そこにこそあるわけだ。

事件の内容、得られた証拠、暴かれた真実――それに、共に仕事に取り組んだパートナーのことさえ、さっぱり忘れてしまう。

今日子さんと共に仕事をしたことが（させられたことが）、一度や二度ではない山野辺警部を前にしても、彼女は平然と『初めまして』なんて言うのだった――そのことも彼女を苛立《いらだ》たせる。

（あろうことかあるまいことか、あれだけ大変な事件を、いくつも一緒に捜査しておきながら、それを忘れるなんて――理不尽だ）

もちろん、理性では、そんな怒りこそが理不尽であることもわかっているのだけれど、会うたびに『初対面』を繰り返すことになる忘却探偵に、山野辺警部がもどかしい思いを感じているのは事実だった。

そもそも、なんで寝ているんだ。

事件現場で――ベッドがあったからと言って。

「私は掟上今日子。25歳。置手紙探偵事務所所長。記憶が一日ごとにリセットされる」

今日子さんは腕まくりをして、左腕前腕部に書かれていた自筆の文字を、声に出して読み上げた――山野辺警部にとっては今やおなじみの、掟上今日子の備忘録である。

続けて、ベッドの上で片膝《かたひざ》立ちになって、彼女は白オーバーニーソックスをおろす――同性同士だからと言って、目の前でやられるとどぎまぎすると言うか、こっちが恥ずかしくなるくらいに大胆な行為だ。

その太股にも、自筆の文字がある――彼女はその文字も読み上げる。

「現在仕事中。相棒は山野辺警部」

読み上げたところで、改めて今日子さんはこちらを向いて、「失礼しました」と、ぺこりと頭を下げた。

「忘却探偵の掟上今日子です。山野辺警部、このたびはお引き立ていただき、ありがとうございます。なにとぞよろしくお願いします」

「……はあ」

気の抜けた返事をしてしまう――これほどの『失礼しました』もなかなかない。忘却探偵の忘却っぷりを、まさか出会いがしらに見せられるとは思わなかった。

(『現在仕事中』と書いておきながら、いきなり寝てるんじゃないよ)

お引き立てしたのは山野辺警部ではなく、彼女の上司だし――なんてやりとりも、もう何度目になるかわからないし、たとえどんなやりとりをしても、明日になれば、彼女はそんな対話を全部忘れてしまうのだと思うと、むなしくなる。

丁々発止とやり合う気には、とてもなれない。

「それで、山野辺警部。今回、私がお手伝いさせていただくのは、どのような事件なのでしょう？　見たところ、ここは病院の個室のようですが……」

「えっと……」

どうしようかな。

上司からあったはずの事件の概要を、すっかり忘れてしまっているらしい今日子さんを前に、山野辺警部はちらりと考えてしまう。

このまままく言いくるめて、その辺で他愛のない捜し物でもして帰ってもらおうかという悪巧みが頭を過ぎったけれども、ただ、職業意識の高い彼女には、そんな嘘をつくことができなかった。

にこにこしている忘却探偵を反面教師にするように、山野辺警部は表情をきりっと引き締めて、

「そのベッド」

と、淡々と言った。

理不尽な事件に対する怒りを、抑え込みながら。

「そのベッドの上で、患者さんが首を絞められて死んでいたんです」

3

「被害者は、霜葉《しもは》総蔵《そうぞう》さん——九十二歳。この個室に、長期入院されていました。一週間前の夜のことです。ナースコールで呼ばれた看護師がかけつけたときにはもう、亡くなられていたということです」

「ははあ。場所が病院ならば、蘇《そ》生《せい》措《そ》置《ち》に怠《おこた》りはなかったでしょうに——お気の毒です」

そんな風に手を合わせつつ、今日子さんは、まさしく、その『お気の毒』な出来事があったベッドから、降りようとしない。

待ち合わせ場所、かつ事件現場で、ふてぶてしくも眠っていた忘却探偵に対して、ついつい怒りのほうが先行してしまったけれども、思えば、そうやって、ベッドに寝転んでいたのは、彼女がよくやる、事件関係者の行動追跡だったのだろう。

被害者や犯人、目撃者になりきることで事件を再現する。

この場合、就寝中に襲われたと思われる霜葉総蔵と同じように、同じベッドに身体を横たえたのだろう——『現在仕事中』であることを、探偵は決して忘れていたわけではなかったのだ。

そんな勇み足の結果、事件の概要を忘れてしまい、こうして山野辺警部がうんざりするような手間を取らされてしまっているわけだが……、まあ、行き詰まってしまった捜査を見直す、いい機会なのだと捉えよう。

「ふむ」

と、今日子さんは、起こしていた上半身を、再びベッドに沈めた。体重が軽いのか、マットレスはほとんどくぼまないが。

「続けてください」

「…………」

本当にふてぶてしい……。

山野辺警部に言わせれば、死亡時の状況を再現しても、必ずしも被害者に何があったかがわかるわけではないと思うのだが、しかし、忘却探偵のそんな理に合わない行動が、時として事件を解決に導いたことがあるのも確かだ——なので、仰向けの姿勢の彼女に、説明を続ける。

「凶器は、細い紐《ひも》のようなものだと思われます——現場からは発見されませんでした。おそらく犯人が持ち去ったのでしょう。夜中の犯行だったこともあり、目撃証言は今のところ、皆無でして——解決の目星もついていないというのが、正直なところです」

「なるほどなるほど。それで、光栄にも私に、ご依頼をいただけたということですね」

光栄と言いながら、ベッドに横たわったままの今日子さん――首を絞めてやろうかという衝動にかられる。

冗談だが。

「でも、ナースコールが鳴って、すぐに駆けつけたのに、犯人はもう、この病室からは立ち去っていたと言うのですから、すばしっこいですねえ。最速の探偵と致しましては、対抗心を燃やさずにはいられません」

ついさっき、山野辺警部が教えてあげるまで、自分が最速の探偵であることを忘れていた最速の探偵は、そんな自負めいたことを言う。

「ナースコールで駆けつけたなら、記録は正確に残っていますよね？　犯行時刻は、夜中の何時何分だったのでしょう？」

「夜の二時十二分です」

山野辺警部は忘却探偵ではないので、これくらいの情報なら、メモを見るまでもない――ナースコールが鳴ったのは、二時十二分。それを受けた夜勤の看護師が、病室に駆けつけたのは二時十五分。

おこなわれた救命のための緊急手術もむなしく、霜葉総蔵に死亡宣告がなされたのは、二時半――その後、警察に通報があったのは、三時前である。

「…………」

それを受けて、今日子さんは目を閉じた――また眠る気かと身構えたが、どうやら考え込んでいるらしい。

微妙な表情の違いでそれがわかってしまうくらいに、忘却探偵と付き合いが長くなってしまっていることに気付いて、嫌気がさす――しかもそれを、相手は覚えていないのだ。

「……何か、不審点でも？」

「失礼。警察への通報が少し、ゆったりしている気がしまして。絞殺死体なら、見ればすぐ、それとわかったでしょうに――発見直後に通報していれば、犯人を取り逃すことはなかったのでは、と思いました」

「それは、今日子さんも仰った通り、場所が病院ですからね。治療を優先したのだと思いますよ――通報が後回しになったのも、やむかたありません」

「あるいは、病院関係者が犯人だったから、それを庇《かば》うための隠蔽工作をしていたのかも」

「…………」

いきなりえげつない可能性を疑うな……。

澄ました顔をして。

……もちろん、あらゆる可能性を排除せずに臨むことが捜査の基本だし、病室で入院患者が絞殺死体で発見された以上、病院内に犯人がいるという可能性を無視するわけにはいかないけれど、いの一番にするような推理ではないと思う……。

ただし、それもおそらく、上司が話しているとは思うのだが、

「夜勤状態の記録も残っていますからね。医者や看護師の、犯行時のアリバイは、一応、成立しているようです」

と、山野辺警部は付け加えた。

「もちろん、アリバイが偽装だという可能性も、ないわけではないんですけれど——ただ、今時の病院は、何かことがあったときに医療過誤や不備を疑われないように、かなり客観的に記録を残すようにしているようでして」

「ふうむ。なるほど——では、他に容疑者と目されているかたはおられるのですか？　被害者のご遺族だったり」

『ご遺族』なんて、丁寧に呼びつつ、しっかり疑惑の目で見ている——この辺りの徹底ぶりも、山野辺警部がよく知る忘却探偵らしさだ。

遺族だろうと恋人だろうと、そんなエモーショナルな要素を、まったく考慮しない。感情よりも職業意識を優先させようと、常に心がけている山野辺警部だが、今日子さんには元々、感情がないんじゃないかと思うことがある。

何かを感じることを、忘れてしまったのでは。

あるいは、どうせ忘れるのだからと、何かを感じることを、やめてしまったのかもしれない――

(でも、捜査の上では、それが合理的なことで――私の主義の、行き着く先でもあるから。だから私は、忘却探偵に、苛立ちを禁じ得ないのかもしれない)

民間人だから、とか、探偵だから、ではなく。

感情と理性とのバランス感覚。

その絶妙さにはらはらするから――苛々する。

「証拠らしい証拠もなく、目撃者もおらず、監視カメラの映像にも見るべきところがないとなると、次は動機面から、犯人を探っていくことになるんですが……」

と、山野辺警部は言う。

「もちろん、被害者が亡くなることで、遺族は、それなりの額の遺産を相続します――仲違いをしていた友人知人も、いたようなのですが……」

「？　なんだか、口が重いですね。お金や人間関係は、しっかり殺人の動機になると思いますが？」

殺人の動機に『しっかり』もないだろうが、そこは今日子さんのいう通りである――そこは多くの殺人事件を担当してきた警察官として、大いに同意する。

問題は。

「でも、今日子さん――お忘れですか。被害者は、九十二歳のご老人だったんですよ。あちこち患っておられた長期入院で、ほとんど寝たきりのような状況でした――一人では満足にベッドも降りられないようなご老人を、その……」

「わざわざ殺す必要はない？」

言いにくかったことを、今日子さんははっきりと言ってくれた。

「どうせもうすぐ死ぬ人間を、あえてリスクを冒して、殺す必要はない――ですか？」

「……ええ、まあ、そういうことです」

霜葉総蔵は、もう長くはないと、主治医から言われていて、いつお迎えが来てもおかしくなかった。最近は、意識も混濁していることが多かったと言う――そんな老人を、誰が絞め殺そうと思うのだろう？

遺産目当てだったなら、何もせずにただ待っていればいいだけだし、恨みがあったのだとしても、点滴だらけの人間を殺して、晴れる恨みなどなかろう。

「一概にそうとは言い切れませんが？　すぐにお金が必要な状況に迫られていたり――犯人は被害者を、寿命で死なせたくないと思うほどに恨んでいたのかもしれませんよ。こんな奴は自分の手で殺さないと気が済まない、と」

「……それはそうなんですが。でも、遺族の中に、そこまで差し迫った事情を抱えるかたはいなかったようですし――被害者が、そこまで強い恨みを買っていたとは思えません」

言うなら、普通だ。

九十年も生きていたら、人間関係のトラブルや確執なんてあって当然で、そして九十年というのは、それが、どうでもよくなってしまうほどの長さでもある。

三十年も生きていない山野辺警部には、まだまだたどり着けない境地ではあるが——だが、今日子さんはめげずくじけず、次の可能性を提示してきた。

ああ言えばこう言うとは、このことだ。

「となると、ご老人が殺される理由として、次に考えられるのは、介護疲れですかね？　介護疲れ、あるいは……、遺産の相続どころか、積み重なる入院費用手術費用を、払いきれなくなってきたから、やむにやまれず、及んだ犯行だとか」

遺族に対する疑いのベクトルが強過ぎる。

こうなると、感情抜きのドライとか、フェアな推理とかではなく、家族というものに対して、今日子さんがそもそもネガティヴな偏見を持っているのではないかという風にも思えてくるほどだ——忘却探偵の家族。

そんな話、噂でさえ聞いたこともないが。

（家族のことも、忘れているのかしら？）

「話が前後してしまいましたが……、被害者の霜葉総蔵さんのおうちは、素封家《そほうか》でして。介護は、専門職のかたにお願いしていたようです――なので、介護疲れや、経済的に困窮してということは、ありません」

「お金持ちですか。いいですねえ」

と、そこは本当にうらやましそうに、今日子さんは呟いた。

彼女のお金好きは有名である。

「ちなみに、被害者の霜葉総蔵さんは、何をされているかただったのですか？」

「役所の職員……、その後、政治の道に足を踏み入れ、議員の職を退いてからは実業家。入院してからは、株をやってらしたそうですが」

「長生きされていると、肩書きも一様には語れませんねえ――私なんか、今日しかありませんから、探偵以外の肩書きはありませんけれど」

んー、とうなって、今日子さんは寝返りを打った。

仰向けから、うつ伏せの姿勢になる。

くつろいでいるようにしか見えない。

「遺産の額があまりに多いようでしたら、経済的困窮など関係なく、犯行に及ぶ人もいそうですけれど。たとえば相続税がアップする前に、財産を引き継ごうとした、とか」

「いや、そもそも、被害者と遺族との関係は、かなり良好だったんですよ――お見舞いにも、かなり頻繁に来られていたようで。そして相続税は、もうアップされました」

今日子さんが忘れているらしい税制の最新情報を流してあげると、「ふむ。では生前贈与のほうがお得ですね」などと頷く。税金に対する理解が事件に対する理解よりも早い――どんな最速だ。

「しかしながら、山野辺警部。被害者と遺族との関係が良好だったと言うのなら、別の可能性も生じてきますね。すなわち、闘病生活に苦しむ被害者を見ていられなくて、楽にしてあげたいという気持ちで、手に掛けた――遠からず亡くなるのであれば、せめてこの手で葬ってあげようという気持ちが、この犯行の動機だった」

「…………」

最速の探偵というなら、もっと早く出てきてもよかったような、真っ当な可能性だと思うのだが、まあそこは、網羅推理の五月雨《さみだれ》式なのだと、大目に見ておこう。善性に基づく動機を最初に考えなければならないという不文律があるほど、性善説は市民の支持を受けているわけではないし、忘却探偵の言動のすべてにいちいち目くじらを立てていたら、それだけで一日が終わってしまう。

「そうではないと示す、確たる状況があるわけではありませんが……、ただ、絞殺ですからね。凶器がたとえ何であるにしても、とにもかくにも、首を絞めて殺している――『楽にしてあげたい』というような殺しかただとはとても言えません。程遠いです」

「ですよねえ」

と、うつ伏せのままで、今日子さん。

その姿は、単にマットレスを堪能しているようにしか見えないが。

「安楽死と言えば、お薬の投与で眠るようにして、というのが、基本だと思います——間違っても、『首を絞める』ではないでしょう。ところで、安楽死に関する法律は、現状、どのようになっていますか？」

相続税に関する法律の変化を受けての質問なのだろうが、山野辺警部も、それは、詳しくは把握していなかった。

確か、日本では変わらず禁止されているはずだが。

「海外でも、専門医の協力がなければ、安楽死はなりたたないでしょうね。薬を使うにせよ、機械を使うにせよ」

「おやまあ。安楽死用の機械なんてあるんですね。科学の進歩は偉大ですねえ」

変なところで感心する今日子さん。

「そう言えば、柔道では、首を絞めて落とされるのは、気持ちがいいとも言いますが——山野辺警部、そこはいかがでしょう？」

そこはいかがでしょうじゃないよ。

確かに警察官にとって、剣道と柔道は必須《ひっす》科目ではあるが——生憎、山野辺警部は、柔道よりも剣道派だった。

（そういう話は確かにあるけれど……、どうあれ、九十二歳の老人に柔道技をかけるのは、ただの虐待でしかないだろう）

そこに献身的な動機があるとはとても思えない——それに、それが何かはわからないが、少なくとも、何らかの凶器が使用されたことは間違いないのだ。

素手によっておこなわれた、柔道家の犯行でないことは確かだ。

「まあ、厳密には柔道家が何らかの凶器を使った可能性は残りますけれどね」

今日子さんは細かかった。

いちいち相容《あいい》れない。

「入院生活が続くよりも、首を絞めてでも殺すほうがまだ苦しくないと、犯人は身勝手にも思ったのかもしれません——ご遺族なのか、ご友人なのか」

「いずれにしても、やりきれませんけれどね」

と、山野辺警部は言った。

（しまった、言ってしまった）

ただの本音を。

忘却探偵の前で、うっかり素の自分の所見を述べてしまったことを、苦々しく悔いる——『どうせ明日には忘れるのだから』というのは、あくまであちら側の問題だ。嫌いな相手に本心を晒してしまったという事実は、山野辺警部の今後も思い出に残る。

「やりきれない？　何がですか？」

案の定、と言うか。

今日子さんは山野辺警部のそんな迂闊な発言を、ピックアップする——この女探偵は、違和感のある台詞を聞き逃さないのだ。それがどんな些細《ささい》な違和感で、あるいは事件と関係のない台詞であろうとも耳聡く聞きつけ、推理の材料にしてしまう。

わざとらしくも、『今なんと仰いました？』とか言って。

人の本音とか、本心とか。

そういうデリケートなものでさえ、ひとつの情報として自分の中に取り込んでしまう貪欲な姿勢は、ある意味、見習うべきなのかもしれないけれど——そう思ったこともあるけれど——無理だ。

（そこまで私は、空っぽじゃない——人の気持ちや人の思いを、取り込むスペースがない）

記憶がない分、今日子さんにはそのスペースがあるのだろうか。

そんな風に毒づきつつ、しかしながら一度口に出してしまったことでもあったので、「だから——どういう動機で、殺されたにしてもですよ」と、言った。

体面上はパートナーである、質問を邪険にもできない——彼女の白い太股にも書いてあるのだ、『相棒は山野辺警部』と。

「九十二年も生きた人が、こんな風に、絞め殺されるなんて――そんな最期を迎えることになるなんて、やりきれない。そう思ったんです」

どんな子供時代だったのだろう。

どんな公務員で、どんな政治家で、どんな実業家で――どんな兄で、どんな弟で、どんな夫で、どんな父親で、どんな祖父で、どんな曾祖父《そうそふ》だったのか。

事件の捜査をしただけでは、およそはかり知れるものではない。

それに、やはり、まだまだ若輩者である山野辺警部には、彼の人生なんて、語れるはずもない。

だけど――聞く限りにおいて、霜葉総蔵は、こんな死にかたをしなければならないような人じゃなかったはずだ。

いや、たとえどんな人だったとしても、だ。

大往生を目の前にした九十を越えた老人が絞殺されるなんて――幼児が犯罪被害に遭うのにも似た、陰惨さを感じずにはいられない。

理不尽で、あってはならない出来事だと。

(全力を尽くさねばならない――この感情が捜査に影響を及ぼさないよう、全力を尽くさねばならない)

「はあ」

人の本音を聞いておいて、気の抜けた返事をする今日子さん。

打てば響く感じが、まったくない。

低反発枕《まくら》に吸収されていくようだ。

「でも、それを言うなら、山野辺警部。陰惨じゃない死にかたって、どういう死にかたなんでしょうねえ」

「え……？　そ、そりゃあ、まあ、大往生……、天寿をまっとうするのが」

言いながら、しどろもどろになるというほどではないが、『そうだろうか？』という気持ちになる。

天寿をまっとうすると言っても、歳を取れば、身体のどこかは調子が悪くなる——寿命が延びれば延びるほど、病気になるリスクは上昇していく。

苦しまずに、不自由を抱えずに死ぬなんて、そんなことは誰にもできない——いや、それは誰もが同条件だとしても。

じゃあ、家族や友人に囲まれて、手をつながれ、みんなに惜しまれながら旅立つのが、幸せな死にかたなのかと言えば——そりゃあ幸せな死にかたなのだろうけれど、しかしそれは、周りの人間が感じる幸せという気もする。

本人にしてみれば、家族や友人に囲まれて、手をつながれ、その上元気に生きているほうが、幸せに決まっている。

死ぬという時点で、どういう状況であっても、何歳であっても――それこそ幼児であっても――、揺るぎなく陰惨なのだ。『幸せな人生』はあっても、『幸せな死にかた』なんて、あるわけがない。

（……だからと言って、九十二歳の老人が絞殺されていいってことにはならないけれど）

もしも犯人が、どうせもうすぐ死ぬんだから、殺してもそんなに重い罪じゃないと思って犯行に及んだのだとすれば、絶対に許せない――山野辺警部は、強くそう思う。ましてや、身体の弱った老人なら、『殺しやすい』とでも思ったのだとすれば――

「事実、殺しやすかったでしょうけれどね」

身も蓋もないことを言う今日子さん。

「お話をうかがう限り、ほとんど抵抗もされなかったでしょうし」

「……そうですね。争ったような形跡は、ほとんどありませんでした――相手をひっかいたり、つかんだりも、できなかったようです」

山野辺警部はそう言って、自分の指の爪を示す――霜葉総蔵の指から、犯人の皮膚や毛髪は採取できなかったという意味だ。長い間寝たきりで、筋力も落ち、握力もほとんどなくなっていたのだ、無理もない――今日子さんは皆まで言わずとも、「ふむ」と頷いた。

そしてベッドの上で更に半回転し、

「ナースコールを押すのも、じゃあ、大変だったのでしょうね――あるいは、もっと早くナースコールを押せていれば、助けが間に合っていたのかもしれません」

と、手を伸ばして、ナースコールのボタンを手に取った。

それをもてあそぶように、掌内で転がす。

「あるいは、ナースコールを押したのは、犯人だったのかも」

「……？　今日子さん、それはどういう推理ですか？」

「単なる可能性の精査、その一環ですよ。精査と言うより、可能性の塗り潰しでしょうか」

「塗り潰し」

「午前二時十二分にナースコールが鳴った。確実な事実はそれだけで、必ずしもこのボタンを押したのが、被害者だったとは限りません――ボタンを押すシーンが目撃されていたわけではないのですから」

「…………」

なんだか、あら探しみたいな可能性の精査で、まさしく塗り潰しという感じではあったが――それは、まあ、そうなのか。

だが、犯人がナースコールを押す意味が、そして必然性が、どこにある？　すぐに夜勤の看護師が駆けつけてきて、逃げにくくなるだけだろう。

「ドクターやナースをおびき寄せることで、逃げやすくしたのかもしれません。大挙して押し寄せてきた病院関係者に、紛れて逃げる計画だったとか——」

「……つまり、犯人は白衣を着るなりして、病院関係者に変装していた？　だから誰にも、姿を見られていない、と……？」

「変装とは限りませんけれどね。本物のドクターやナースなら、もっと紛れやすいでしょうから——夜勤表に載ってない人物でも、病院にいたからと言って不自然ではないでしょう」

「…………」

遺族のみならず、病院関係者も疑い尽くすつもりらしい——このぶんだと、続いて介護を担当していたヘルパーを疑い出しそうだ。

むろん、それで正しい。

正しいのだが。

(正しいことをしている人を見るって言うのは——案外、不愉快なものなのよね。理想の姿や夢の実現が、『醜悪だ』ってことを、見せつけられているかのようで——)

「今日子さん。そういう推理を、どこまで本気で仰っているんですか？」

「全部本気ですけれど、ただ、現実的だとは思っていません。推理小説のトリックとしては成立するでしょうが、しかし人手不足であることを思うと、病院職員がナースコールで『大挙して』駆けつけてくるとは限りませんし」

限らないと言うか、実際に、『大挙して』というほどの人数は、来なかったはずだ――ナースコールに反応するのは、まずは一人、多くても二人だろう。

とても紛れられる人数じゃない。

白衣を着ていようが、浮くことはなはだしい。

職場における山野辺警部くらい浮くだろう。

「何より、そんなことをしなくても、誰も呼ばずに、普通に逃げたほうが逃げやすいです。静かにね」

「…………」

推理小説のトリック――か。

（そうよね……、トリックなんて、使わなくて済むなら、使うべきじゃないわよね……）

「じゃあ、ナースコールは、やっぱり、襲われた霜葉総蔵さんが鳴らしたのだと考えていいんですね？」

「はい」

ようやく素直に頷いてくれたかと思えば、今日子さんは、「ただし」と、素直に付け加えてきた。

「襲われたときに鳴らしたとは限りません」

「……それは、どういう意味です？」

それもまた。

可能性の塗り潰し——か？

「病状の悪化で、身体が痛んだり、点滴を倒してしまったりの理由で、言うなら霜葉総蔵さんは、ナースコールを通常使用した。それが二時十二分の出来事——それから、二時十五分に、看護師が駆けつけてくるまでの三分間の間に、彼は絞殺された」

「助けを呼ぶために鳴らしたんじゃなかった——えっと、その場合は、つまり、犯行時刻が変わってくるということですね？」

（ナースコールを犯行時刻の基準にしていたが、それは無関係だとする考えかた——一定の理は、ある。当然、二時十二分以前だと思われていた犯行が、それ以降だったと言うことになる）

ただ、些細な違いという気もする。

アリバイの有無が変わってくるほど、大きな着眼点であるとは思えない——二時十二分の、一分前に犯行があったにせよ、一分後に犯行にあったにせよ、大差はないのではないか？

病院関係者のアリバイは、むしろナースコールのあとの有事の際こそ、はっきりするものだろうし――ただ、一応洗ってみるべき可能性ではある。

一分二分の違いが、結果的に大違いという展開も、あるいはあるのかもしれない。

「ま、いつまでもベッド・ディテクティヴを気取っていても、始まりませんね――そろそろ、実地捜査に入りましょうか、山野辺警部。まずはその、アリバイ調査あたりを手がかりに」

ナースコールのボタンを元の位置に戻し、ようやく今日子さんは、ベッドから降りるつもりになったらしい。

（ベッド・ディテクティヴというのは、アームチェア・ディテクティヴの亜流だったっけ――探偵役を、それこそ病院に入院している患者がつとめるような）

ただ、病院の患者ならともかく、ただ寝台の上で寝ころんでいる探偵のことを、ベッド・ディテクティヴとは呼ばないんじゃないだろうか――まあ、そんな寝台探偵でも、忘却探偵よりはマシだが。

「よっと」

落下防止用のベッドガードにつかまり、身体を起こそうとする今日子さん――と、そのとき、ふいに彼女はバランスを崩した。

「お、お、お？」

ういいいん、と。

いかにもな機械音と共に、ベッドが動き始めた――ベッドガードも含めたフレームを残して、マットレスが起き上がり始めたのだ。

身体を起こしかけていた今日子さんが、その動きに翻弄《ほんろう》される。なんとか均衡《きんこう》を保とうとしたものの、体勢にさすがに無理があったようで、すてんとその場で、でんぐり返しみたいにひっくり返ってしまった。

そうしているうちにも、マットレスは更に変形していく――その場に猫のように丸くなって逃れようとした今日子さんは、更にベッド後方へと、なすすべもなく転がされることになった。

「な、な、なんですか？　これ。急にベッドが動き出しましたけれど――」

「……スイッチを押しちゃったんですよ」

忘却探偵があからさまに狼狽するその様子に、笑いを堪えるのが大変だったけれど、おとがいを引き締め、なんとか表面上は平静を保ちつつ、山野辺警部は答えた――答えつつ、ベッドガードにフックでひっかけられていた、操作パネルのボタンを押す。

マットレスは、動作を停止した。

「こ、こんな寝にくそうな仕掛けがあるベッドが……？　腹筋を鍛えるための装置ですか？」

「介護用のベッドなんですよ。身体を起こしたり、ベッドの上り下りだったりを、サポートする機能があるんです。こんな風に折れ曲がるだけでなく、マットレス全体が振動して、床ずれを防ぐ機能があったり――」

「はあー。なんとも未来ですねえ」

内部機構を探るように、起き上がったマットレスをぽんぽんと叩く今日子さん――未来？　大袈裟な。今時、これくらいの機能つきのベッド、ちょっと大きな病院なら、当たり前に備えているスタンダードな――いや。

（そうか、忘れているのか――技術の進歩や、テクノロジーの変化、時代時代の、『スタンダード』を）

事件のことを忘れるだけじゃない。

トレンドやブームも、忘却の対象なのだ。

「……戻しますね」

なんとなく、決まりの悪い思いにとらわれて、山野辺警部はパネルを操作した――折れ曲がっていたマットレスが、元通りの平べったい形へと直っていく。

「なるほどなるほど。こういう構造ですか――興味深いですね」

言いながら今日子さんは、ベッドの上を四つん這いになって、所狭しと動き回る――文字通りの所狭しだが、興味が完全に、事件からベッドに移ってしまっている。

「あの、今日子さん……、まずはナースセンターへ聴取に向かおうと思うのですが、よろしいでしょうか？」

「あ、はい。失態をお見せしまして、申し訳ありません」

謝られてしまった。

ますます決まりが悪い。

そんなつもりは毛頭なかったのに、デジタルデバイドに置き去りにされた時代遅れの人間を、意地悪く嘲笑《ちょうしょう》してしまったみたいな気分になった――今日子さんは、好きで時代に遅れているわけじゃないのに。

「……さっきの話ですけれど」

そんな決まりの悪さが、山野辺警部の口を滑らせた。

職業意識で抑え込んでいる感情を、吐露させた。

あの質問に、もっとちゃんと――誠実に答えようと思ったのだ。

「さっきの話とは？」

「ですから――いい死にかたとは何か、という話ですよ。確かに、どんな死にかたでも、死んでしまう以上は、なんらかの陰惨さを避けられないかもしれません――だったら、せめて私は、周りのみんなを悲しませないように、死にたいと思います」

どうせ死ぬのなら、楽な死にかたとか、痛みや苦しみの少ない死にかたとか、そういうのを望みたくなるけれど——でも。

やっぱり、家族や友人に囲まれ、手を繋いで、惜しまれながら看取《みと》られたい——遺していくみんなの痛みや苦しみが、少しでも少なくなるように。

最期くらいは、人の幸せを願いたい。

実際には、幸せなんかじゃなくっても——死は死でしかなくっても。

幸せな死にかただったと、みんなに思ってもらえれば——そんな最高の、人生の締めくくりかたはないだろう。

「今なんと仰いました？」

「え？」

え？

このタイミングで、その台詞？　わざとらしくも、またしても？

「今なんと仰いましたか、山野辺警部？」

「な、なんと仰いましたかも何も……」

いいことを言ったつもりだったが。

思い起こせば恥ずかしくなるくらいの本音を、ありのままに仰ったのだが。

「人生の締めくくりかた——山野辺警部、そう仰いましたか？　締めくくりかた、と？」

「え……、ああ、それも言いましたけれど」

表現が気になったのか？

ああ、『締めくくりかた』が『絞殺』を連想させるから、不謹慎だと言いたいのだろうか――揚げ足を取られたみたいな気分だけれど、しかし言われてみればその通りだ。

決まりの悪さを払拭しようとして吐露した本音で、更に気まずい思いをすることになろうとは――ほとほと嫌気がさした山野辺警部だったが、そんな彼女に、

「ナイス・パス」

今日子さんはそう言って、掌をこちらに向けた――ハイ・ファイブを求められているらしいが、わけがわからない。

わけがわからないなりに応じるしかない。

ぺちんと、気の抜けた音がした――それを受けて今日子さんは、にっこりと笑い、

「事件解決です」

と言った。

「は――はあ？」

最速の探偵。

合流予定時刻から一時間もしないうちに――どころか、とうとう本当に、目を覚ましたベッドから一歩も降りないままに、掟上今日子は、そう宣言したのだった。

4

「犯人は不在。真相は霜葉総蔵さんの自殺です」

今日子さんは、あろうことか、解決編までそのままベッドの上でおこなうつもりらしく、変に勿体《もったい》ぶったりせず、最速のままで語り出した。

どころか、一言目から、『真相』を述べた。

端的過ぎて、一瞬、頭に入って来なかった。

不在？　自殺？

「苦しくも長い、闘病生活を苦にしての自殺ですよ——この時代でも、珍しい話ではないでしょう？」

まるで過去からタイムスリップして来た人みたいなことを言っているけれど……、いや、確かに、珍しくはない。むしろ医学が発展したからこそ、増加の一途を辿っているとも言える。

介護疲れによる殺人や、遺産目当ての殺人と同じく、陰惨な死にかたとして——珍しくはない、珍しくはないが、それでももっとも受け入れがたい、人の死にかたかもしれない。

老人の自殺。

社会問題ではあるけれど、しかし、多くの者にとって、目をそらしたい種類の社会問題だ。想像することさえも忌まわしく、ゆえに、完全に想像の外だった。

そんな仮説を平気な顔をして——どころか、にこにこしたまま——述べる忘却探偵が、血の通わない冷酷無情の人物に見えた。

「仮説ではありませんよ。真相です」

と、笑顔のままで言う今日子さん。

声は柔らかい。

「私にはこの事件の真相が、最初からわかっていました」

「…………」

なぜ嘘をつくんだ。

明らかにさっき、山野辺警部の発言を契機に、推理していたのにもかかわらず——

（『人生の締めくくりかた』という言葉を、比喩的に絞殺死体と重ねるんじゃなくて——そのまんまの形で、受け止めたということ？）

自分の人生の幕引きを、自分で決めた。

いや、確かに、山野辺警部がしたのも、そういう話だったけれど——そんな決意表明や、志みたいなものと、いざ実際に、決意した『締めくくりかた』を実行することは、まったく意味合いが違ってくる。

反射的に、直感的に否定したくなる。

(感情的に――)

職業意識や理性など吹っ飛ばして、忘却探偵の言葉に耳をふさぎたくなる――かろうじてそうしないのは、これまでの経験があるからだ。

今日子さんが推理を『真相』と言ったとき、それが『真相』でなかったことがないからだ――『わかっていた』という嘘をつくことはあっても、『わからない』ことは『わからない』という人なのだ。

(『人生の締めくくりかた』――)

絞殺死体。

生理的な嫌悪を裏付ける理論武装のための材料を探そうと、頭脳をフル回転させる山野辺警部――しかし、それは案外、すぐに見つかった。冷酷ならずとも冷静に、警察官の目で探していたら、もっと早く見つかっただろう、それはれっきとした『事実』だ――感情が速度の邪魔をしていた。

「今日子さん。病気で苦しむ患者が、自ら命を絶ちたいと思う気持ちを抱くことは、あると思います――自殺したいと思う気持ちそのものを否定しようとは、考えません」

死にたいと思う気持ちは、弱さでも、悪さでもない――自殺願望を、まるでインモラルな気持ちのように扱うのは、間違っている。

嫌なことがあったら死にたくなるのは当たり前だ——苦しくて生きていたくないと思って、何がおかしい。

それは不健康なことじゃない。

問題は、それを実行に移すことがどういう意味を持つかだし、そしてこのケースでは、実現可能性について検討すべきなのだ。

「まさしく、霜葉総蔵さんは長い入院生活で、寝たきり状態でした——一人では起き上がることも、ベッドから降りることもできず、筋肉は落ちて、握力さえも失われていたほどです。そんなかたが、どうやって自殺したと言うんですか？」

人生を『締めくくる』ろうにも、その手段がない——苦しみのただなか、死にたくっても、死ねないのだ。生きているというより、生かされている状態——それもまた、陰惨な話で、現代の抱える社会問題でもある。

「カーテンレールを使って首を吊ろうにも、被害者は、立ち上がることすらできなかったんですよ——だいたい、自殺だとしたら、凶器は何で、どこに行ったというんです？」

その上、縊死《いし》死体と絞殺死体は、まったく違うものであり——と言い掛けたところで、山野辺警部は、今日子さんがよそ見をしていることに気づいた。

きょろきょろと、病室内を見渡すようにしている。

なぜ私の熱弁を聞かないと思ったが、しかし、こんな熱弁が聞くにも値しないものであるのも、確かだった。

探偵相手に、縊死と絞殺の違いを解くなんて、どんな三枚目の役どころだ。

こほんと咳払《せきばら》いをしてから、

「今日子さん、何かお探しものですか？」

と冷静に質問した。

「いえ、馬の耳に念仏――ではなく、百聞は一見に如かずだと思いまして、実践してみせようかと」

うっかり、馬扱いされかけた気がするが（だとすれば暴れ馬だ）、それこそ馬耳東風で聞き流す――とにかく、冷静に。

「凶器の代わりになりそうなものを――まあ、これでいいですか」

そう言って今日子さんは、両足を身体に引き寄せて、はいていたオーバーニーソックスをするすると脱いだ――両足ともに、だ。

ふたたび、『相棒は山野辺警部』という文章が見え、その言葉が彼女を、落ち着かせた――そうだ、忘却探偵は、敵じゃない。

ちなみに、反対側の足には、同じ筆跡で『今日は眠いので、現場にベッドがあっても迂闊に横にならないこと!』と書いてあった。備忘録が役に立たないこともあるらしい。

それはさておき、今日子さんは左右のオーバーニーソックスを結んで、ぎゅっと引っ張り、一本の長い紐にする——伸縮性があるから、それなりの長さになった。

「……今日子さん。凶器は、まさか女性用のオーバーニーソックスだったと仰るんですか?」

確かに、病院につとめるナースは、そういった白いストッキングを着用していることが多いけれど。

(調達できなくは、ないか?)

そんな考察をした山野辺警部だったが、今日子さんは「いえ、これはあくまで代用品です」と言った。

「伸縮性は、似たようなものかもしれませんがね——さてと」

今日子さんは強度を確認するように、オーバーニーソックスをぐいぐい引っ張って、『百聞は一見に如かず』を実行しようとする。

「……なにか、お手伝いできることはありますか?」

「いえ、簡単な実験ですので」

と一度はつつましく遠慮してから、しかし今日子さんは山野辺警部の足を見て、「もうちょっと長さが欲しいので、山野辺警部が着用されているガーターストッキングも貸していただいてよろしいでしょうか？　片方でいいですから」と聞いてきた。

物腰柔らかではあるが、なかなかの要請をされている――棒立ちしているのも居心地が悪かったとは言え、社交辞令で余計なことを言うんじゃなかったと後悔しつつも、捜査のためだと言われたら断れない。こんなことで捜査に蹉跌《さてつ》を来《きた》している場合じゃないと、山野辺警部は、スカート内に手を入れてフックを外し、右足の分を脱ぐ。

「どうも」

と、今日子さんは受け取った黒のストッキングを、白のオーバーニーソックスに更に連結する――目論見通り、結構な長さになった。

(女性の足三本分……、一メートル半ちょっとと言ったところかしら？)

「では実験開始です。うまくいったらお慰み――」

言いながら今日子さんは、三本の長靴下を繋いで作った紐を、自分の細い首に、マフラーのように巻いた――なんだか、倒錯的な絵面だ。

これはこれで不謹慎な気持ちだが。

「その長靴下を、カーテンレールに結ぶんですか？」

意味不明な後ろめたさからか、またしても、にわかに多弁になってしまう山野辺警部だったけれど、そもそもベッドを囲むカーテンレールに、人間の体重を支えられる強度があると思えない。いくら筋肉が落ちて、体重は減っていただろうといっても……。

「カーテンレールではありません。結ぶのは、ベッドのフレームです」

素早い手際で、今日子さんは連結したソックスの端を――山野辺警部のガーターストッキングの側だ――寝台の左側に結んだ。

（ん……？　ドアノブで首吊りをするようなものか……？　いや、必ずしも首吊りに、高度が必要じゃないとは言っても、だからと言って身体より低いところに結んでも、さすがに――）

わけがわからずにいるうちに、今日子さんはベッドの反対側でも、同じことをした。つまり、連結した靴下の逆の端を、左右対称になるよう、寝台右側のフレームに結んだ。

「あっ！」

鈍くはない。

できあがったその図を見せられて、今日子さんが何をするつもりなのか――一週間前、霜葉総蔵が何をしたのか、山野辺警部は理解した。

つまり――

「で、この操作パネルのスイッチを――」

「ストップストップストップ！」

全力で止めた。

いくら実験とは言え、そんなところまで忠実に再現されては敵《かな》わない。お家芸の現場再現も、そこまでいくと行き過ぎだ。

「わかりますよ、わかりましたよ！　その状態から、操作パネルのスイッチを押して、先ほどのようにベッドを動かそうっていうんでしょう!?　起動させて、マットレスを四十五度あたりまで浮き上がらせて――そうすれば寝ているあなたの上半身は起き上がるけれど、でも、首に絡んだ靴下の両端を結んであるベッドのフレームは固定されたままだから、それで首が絞まるってことでしょう!?」

「そんな早口で説明しなくても……」

最速の警部ですね、と今日子さんは呆《あき》れたように言ったけれど、呆れたのはこっちだ――靴下なんて、ちょっと抜けたアイテムを使用するものだから油断したけれど、なんて危なっかしい真似をするんだ、この人は。

「やだな、大丈夫ですよ。そのために、ふしだらにも山野辺警部のガーターストッキングもお借りして、長さを確保したのですから。伸縮性を考慮すれば、最悪でも、一瞬、意識を失う程度です」

あなたが一瞬意識を失ったらどういうことになるのか自覚がないのですかと問いつめたくなったが、ぐっと飲み込む――今質問すべきは、それじゃあないし、そこじゃあない。

「……わかりました、異存はありません。確かに、この方法を使えば、寝たきりの病人でも、寝たままの姿勢で、大して身動きも取らずに、スイッチひとつで手軽に自殺できるかもしれません。でも……」

認めがたく思うのは、介護用のベッドという道具立てを、まるで安楽死の機械のように使用したという事実の、おぞましさが極まっているからだ――今日子さんは安楽死の機械を『科学の進歩』だと言い、介護用ベッドを『未来』だと言ったが、それを靴下のように繋げて考えるなんて、完全に思考の外だ。

いや、普通は靴下だって繋げないが。

（おぞましいのは実際に起きた出来事なのか、それとも、そんな風に繋げて考えられる今日子さんなのか――）

「もちろん、ベッドを利用しようと、スイッチひとつで作動しようと、現象自体は絞殺ですから。仰っておられた安楽死用の機械ほど、苦しみがないわけではありません――でも、筋力もほとんどないような寝たきりの状態では、他に方法はなかったのでしょう。……『犯行時刻』が夜中の二時という深夜だったのは、就寝時刻から仕掛けを作るまで、それだけ時間がかかったということだと思います」

「え？　それは……」

かかり過ぎじゃあ、と言い掛けたが、すぐに思い直す――フレームに凶器の両端を結びつけるのに、被害者は、それだけの時間を要したということだ。

筋力も握力も落ちた、霜葉総蔵には。

たったそれだけの作業に、何時間もかかった。

「………………」

手軽な自殺方法、なんかじゃ、決してない――壮絶だ。

最後の手段であり、苦渋の決断であり。

決死の行為だ。

（命を絶つために、数時間にわたって準備をするって――いったい、どんな気分なんだ）

「凶器は……、なんだったんですか？　靴下ではないんですよね？」

「はい。これはあくまで代用品です――霜葉総蔵さんに、靴下を入手する手段はありませんし。道具立ては、すべて手元にあるもので揃えたと思われます――つまり」

言って今日子さんは、ベッドの脇を指さした。

指さした先には何もなかったが。

しかし、当たり前の思考で見れば、病室の、ベッドの脇のその位置にあるものと言えば、相場は決まっている――霜葉総蔵が入院していたときにも、きっとそこにあっただろう。

「点滴……」

さっき、今日子さんがきょろきょろしていたのは、病室内のどこかにそれがないかを、探していたらしい。

「凶器は点滴用のチューブ……ですか」

「手の届くところにある紐状の物体って、それくらいですからねえ——伸縮性と強度は、十分でしょう」

介護用ベッドや治療用の点滴チューブを、命を絶つための道具に使うなんて、返す返すもおぞましい——だが、それが、絶え間ない苦しみのただ中にいる患者が、すがりついた考えであったのなら、まだ理解も示せる。

(だけど、この忘却探偵は……、ベッドの上で転がっているだけで、そんな発想を——どんな荒涼な神経をしているのよ)

そんなことを考えて、気分が悪くならないのだろうか——そんなことを考える自分のことを、非倫理的だと、自己嫌悪にとらわれないのだろうか。

「他に疑問点はございますか? 山野辺警部」

「……使われた点滴用チューブを回収したり、パネルを操作してベッドを元に戻したのは、病院の関係者ということで、いいんですよね? 介護用ベッドや医療器具を使って、入院患者が自殺した事実を、隠蔽しようとした……」

その事実は間違っても医療過誤などの不祥事とは一緒くたには語れない出来事だが、しかし世間が非難するのは目に見えている。目をそらしたくなるような社会問題の責任が、あたかも病院側にあるように責め立てるだろう——ベッドの安全性がどうとか、危険なチューブをそんなところに置くなんてとか、いわれのない非難を浴びることになるだろう。

（あるいは、『いわれがある』と思ってしまったのかもしれない——責任感ではなく、罪悪感で）

だから。

だから隠蔽した。

むろん、懸命な救命治療もしただろうが——その一方で、自殺に使われた道具立ての後始末をした。

あくまで隠蔽工作であり、偽装工作ではなく、自殺を殺人に見せかけるつもりなんてなかっただろうが——その結果として、犯人不明の絞殺死体が、平たいベッドの上で発見されることになったわけだ。

（通報時間の遅れ……、今日子さんが始めに、気にしていたことだ）

だとすれば、『最初からわかっていました』というのも、あながち虚言でもない——

だが、その一方、忘却探偵は結局のところ、何もわかっちゃいないんじゃないだろうかと、思わざるを得ない。

隠蔽工作はもちろん犯罪だが、自殺そのものについて病院側を責めるのは間違っていると、山野辺警部は考える――そしてそれ以上に、真相を看破したという理由で忘却探偵を責めるのは筋違いだとわかっていても、しかしどうしても、わきあがる感情を抑えられない。

「……やるせないですね」

遺していく人達が、幸せだと思う死にかたをしたい――それが締めくくりかただとか言った、自分の考えかたの、浅さが嫌になる。

そんなのは綺麗事だ。

実際の死とは、こんなに壮絶で――執念深く。

とことん、自分だけのものでしかない。

「身体が満足に動かない中、意識も日々ぼやけていく中、細い糸をたぐるように、死ぬための方法を考案して、限られた条件の中で捻出して、それを何時間もかけて実行して、死にたがったなんて――そんな人生の締めくくりかたってあるでしょうか」

「やるせなくないとは言いませんけれど」

と、今日子さんはしょげ返る山野辺警部に、いっかな変わらないテンションで言うのだった。

「でも、やるせないばかりでもありませんよ。山野辺警部はお忘れかもしれませんが」

「お忘れ？」

まさか忘却探偵に、失念を指摘されるとは。

（私が何を忘れているというの？）

「ナースコールを押したのが誰か、という問題ですよ——それについて、議論をかわしたでしょう？」

「ああ……かわしましたね」

議論をかわしたと言うか、今日子さんが一方的に、あれこれ仮説を立てていただけだが——結局、あれらはすべて、塗り潰すべき可能性でしかなかったということか。

犯人が不在なのだから、ナースコールを押したのは、被害者ならぬ自殺者の、霜葉総蔵自身——ん？

いや、待てよ？

自殺だったと言うなら、どうして彼は、ナースコールを押したのだ？　それで夜勤の看護師が駆けつけてきて、隠蔽工作へと繋がり、ことはややこしくなったわけだが——

「わかりません、今日子さん。ナースコールは、誰か別の人物が押したということですか？　事件とまったく関係のない第三者が……」

「違います。操作パネルを押し、ベッドを起動させ、実際に首が絞まったあとで——点滴用のチューブで気管を絞めつけられ、呼吸ができなくなったあとで——人生を締めくくろうとしたそのあとで、彼はナースコールのボタンを押したんです」

今日子さんはあくまで静かに、淡々と。

あるいは懇々と、そんなことを言う。

「ナースコールのボタンを押すかたわら、反対側の手では、操作パネルを触って、ベッドの動きも止めようとしたのではと思います——結果から見ると、そちらはあまりうまくいかなかったようですが」

「え……、つまり、霜葉総蔵さんは、自殺をやめようとした……、ということですか？　実行しようとしたものの、途中で思いとどまって……」

「思いとどまって、生き続けようとしたんですよ」

最後の最後で、彼は。

死にたくなくなったんです。

そう言って今日子さんは、首元に巻きつく靴下をほどきにかかる。

「九十二年生きて、それでもまだ、最後の最後に、生きたいと思えた——自殺のためにおこなった仕掛けも、数時間かけておこなった細工も、全部投げ出して、もっと生きたいと思った——もっと生きたかったと、心から思いながら死ぬ。そんな死にかたならば、望ましいんじゃないかと、私には思えてなりません」

ほどいた靴下をはき直して。

そして、ようやくのこと、彼女は、ベッドから降りたのだった——そして山野辺警部に、右手を差し出してくる。

「今日、こうして知り合えた、感情豊かで表情豊かなあなたのことを、『忘れたくない』と思いながら忘れていくことが、私にとって、そんなに悪くないように」

「…………」

(ああ、もう、本当——)

別れ際に、こういうことを平気で言うのだ。

いつもいつもこうやって、忘却探偵は、つかのまの相棒との仕事を、締めくくる。

そんな人間らしさみたいなおとぼけを垣間見せておきながらも、それでもやっぱり、あっさりと私のことを忘れていく。

(だから私は——今日子さんが嫌いなんだ)


(掟上今日子の絞殺死体——忘却)

第四話　掟上今日子の水死体

1

波止場《はとば》警部は、この仕事を最後に警察官の仕事を辞するつもりでいた。既に退職願もしたためて、内ポケットに入れている——定型文ばかりで、自分では何も書いていないに等しい辞表ではあるけれど、それでも退職願は退職願だ。

一身上の都合で辞職します。

(でもまあ、嘘をついているってわけじゃあない——『結婚するから』だなんて、んなもん、一身上の都合以外の何でもないんだからねえ)

おめでたい言いかたをすれば、寿《ことぶき》退社なのだが。

公務員でも寿退社と言うのかどうかは知らないが、たとえ言えるとしても、そうは書けない——これまでのキャリアの中、上司に対しても部下に対しても、『わたしの恋人は仕事であり、生涯わたしは法と正義の執行人である』と言ってはばからなかった波止場警部としては、それがどれだけ使い古された、オリジナリティに欠ける言い回しであろうと、『一身上の都合』と書くしかなかった。

（実は長年こっそりと付き合っていた一般人男性と、仕事を辞めることを前提に結婚することになりました――なんて、言えるもんか）

結婚をとるか、仕事をとるか、なんて。

まさかそんな在り来たりで古風な、言ってしまえば時代錯誤な悩みに直面することになるなんて。

正直な気持ちを言えば心外もいいところだったが、しかし一般人男性としては、以前からずっと、思っていたことらしい――仕事を辞めて欲しいと言うのは、家庭に入って欲しいからそう言っているのではなく、刑事なんて危険な仕事はやめて欲しいから、そう言っているようだ。働くならば、もっと一般的な仕事に就けばいいのにと考えていたそうである。

本当のことを言えば、誰に恨まれているかわからない職業なので、今更警察官を辞めたほうが危険であるとも言えるのだが、しかし将来の夫がそんな風に思う気持ちもわからなくもなかったし、実際のところ、頃日《けいじつ》は自分が、法と正義の執行人向きだとも思えなくなってきていたタイミングでもあった。

職に対して、昔ほどの熱意がなくなっていた。

憧れを仕事にしたことで、幻想や理想が耗弱《こうじやく》していた。

誤解を恐れずに言えば、彼氏からそんな話を切り出されたとき、反発するというよりも、

（そろそろ潮時なのかな）

と、思う気持ちのほうが強かった。

これまでの仕事ぶりを振り返ってみれば、自分には警察官という職も、警部という肩書きも、どうやら不似合であり、分不相応であると、結論づけざるを得ない。

誰に恨まれているかわからないから、警察官を辞めたほうが危険――と言っても、ろくに仕事をしたとも言えない波止場警部の場合、ともすると、そんな心配さえもいらないかもしれない。

だから、体面を保つために悩んでいる振りをしてみせただけで、彼女は翌日には、『大人の定型文集』を買ってきた――これが果たして、大人が必要とする本だろうかと思いつつ、買ってきた。

だが、たとえ向いていない職業であっても、これまでろくに仕事をしたとは言えなくっても、やはり自ら志望した、警察官という社会的な役割に、決して愛着がなかったわけではない――いざ辞めるとなれば、どこか寂しく感じたり、言い出しにくかったりした。止めてくれる人はいないかと考えたりもした（思い当たらなかった）。

（だから）

だから基準として、次の捜査を最後と決めた。

波止場警部最後の事件――なんて気取るほどの実績はないにしても、この事件が解決したら、それをいい機会に退職願を提出しようと心に決めた。

フォーメーションが崩れる上司からすれば、いい機会どころかいい災難だろうが、しかし、彼氏のご両親の前でそう誓ったのだから、もうあとには引けない――だから、なんというか、不謹慎ではあるのだけれど、少しでも長くこの事件に携わっていたいとか、そんな風に思った。

（ここで、最後の事件くらいは手ずから解決してやると思えないんだから、わたしは本当に、警察官向きの素材じゃあなかったんだろう――）

しかしながら、もちろん別に、一日でも長く現職であるために、現場責任者として、わざと事件の解決を長引かせようというような悪巧みをしたわけではなかったのだけれど、そんな目論見《もくろみ》は、大いに外れたと言える――なんと、上層部からの御達しで、今しがた、あの忘却探偵に依頼がなされたのだ。

他ならぬ、あの忘却探偵である。

それはつまり、長引くどころか急展開で、本日中に、事件が解決するということでもあった――すなわち、明日から波止場警部は、警部でなくなるという意味だった。

急展開どころか急転直下である。

(最速の探偵――)

まさか最後と定めた事件に、最速の探偵が嚙んでくるなんて、なんだか罰が当たった気分だった――とは言え、これもまた、ひとつの巡り合わせであるように思えた。

(なにせ、忘却探偵は『波止場警部最初の事件』を解決した探偵でもあるんだから――)

この際だから、あのとき胸に抱いた疑問を、彼女に率直に投げかけてみようか。

およそ退職願などとは無縁そうな、職業を、そのもの自己証明としているような、忘却探偵に。

(もっとも、あの人は、新人時代のわたしと会ったことなんて、すっかり忘れているんだろうけれども――)

2

「すっかり忘れています。初めまして、掟上今日子です。私の記憶は一日ごとにリセットされます」

そんなさばさばした挨拶とともに、忘却探偵の今日子さんは、事件現場の市民公園の中央、池のほとりに姿を現した——花柄のワンピースに、ブルーのカーディガンを羽織っている。足首までの靴下は赤く、底の厚い靴はライトグリーンだった。

目を引くと言うか、うるさいくらいにカラフルなファッションだったが、彼女はそれをさながら公務用の制服みたいに、シックに着こなしていた——何よりも特徴的な肩口までの総白髪が、全身の色彩を、うまくまとめているのかもしれない。

「波止場です。よろしくお願いします……、初めまして」

忘却探偵。

置手紙探偵事務所所長・掟上今日子。

本人の申告通り、彼女の記憶は一日で喪失される——どんな事件に携わろうと、どんな謎に接しようと、どんな解決を導き出そうと、それを翌日に持ち越すことはない。探偵の第一条件である、『守秘義務の厳守』を、これ以上徹底できる資質はなく、そういう意味では、今日子さんほど探偵に向いている人間はいないということになるのかもしれない——もちろん、それに続く推理力や調査能力があってこその話ではあるが。

（さすが、公的機関から事件の解決を斡旋《あっせん》されるだけのことはある、と言うか——それこそ『初めまして』のときには、相当面食らったものだったけれど）

「波止場警部ですね。はい、覚えました」

にっこりと微笑んで、忘却探偵はそう言った——同じ女性でも、ついついとろけてしまいそうなチャーミングな笑顔ではあったけれど、覚えたと言っても、これまで通り、明日になればこちらのことを忘れてしまうのだと思うと、どこか空虚な社交辞令だった。

「それではさくさく進めていきましょうか。ばっちり援護《えんご》させていただきますので、波止場警部、事件の概要を説明してください——殺人事件とのことでしたが」

殺人事件を『さくさく』進めようというのは、これを退職の目安にしようとしている波止場警部とどっこいどっこいの不謹慎さにも思えたけれど、最速の探偵には、被害者に黙禱《もくとう》を捧《ささ》げているような時間はないのだろう——それよりも事件を一秒でも早く解決することが、被害者に対する何よりの供養になるというのが主義なのかもしれない。

ともあれ、そんな風に促されたなら、説明しないわけにはいかない——まさか事件の解決を遅らせるために、詳細を伏せるなんて真似をするほど、波止場警部も職業意識に欠けてはいない。

もう辞めるとは言え。

波止場警部は池のほうへと向き直った——今日子さんが待ち合わせの時間通りにやってくるまで、ずっと、自分なりに考えていたのだ。

「先日、この池から死体が発見されました——行方不明になっていた成人女性の死体でした」

「ふむ。水死体ですか」

「ええ。女性と言いましたけれど、一見して男女の判別がつかないくらい、酷い状態でした」

現場経験が豊かとは言えないにしても、警察官の職に就いて以来、一般人よりはいろんな死体を見てきた波止場警部だが、やはり最悪の死体は、水死体だ。

ぶよぶよで、生前の面影なんてまったくない。

写真だって見たくないような有様だった。

事件や、まして人間の死体を、比べっこなんてするべきじゃあないとわかっているけれど、担当する最後の仕事が、こんな目を背けたくなるほどに、凄惨なものになろうとは。

「なるほど、わかりました。つまりこの忘却探偵は、発見されたその死体が、どなたのものなのかを、特定すればよいのですね」

「いいえ、それは既に特定されています」

最速の探偵の勇み足を、慌てて制する波止場警部——いくら水死体が生前の面影を遺していないと言っても、現代の科学捜査の前では、匿名性などないに等しい。

と言うか、服も着せられたままだったし、ポケットの中には被害者の財布も入っていた——免許証もマイナンバーカードも。

すなわち、名前どころか、被害者のほとんどの個人情報はつまびらかにされていると言っていい――携帯電話はさすがに壊れていたけれども、そのデータも、鑑識係がすぐに復旧して見せた。

「はあ。さようですか」

拍子抜けしたように頷く今日子さん。

「フライング、失礼いたしました。では、改めまして。探偵が働くまでもなく判明したという、被害者のお名前は？」

「加勢木《かせき》二歩《にふ》……さん、ですね」

手帳を見ながら、質問に答える波止場警部。

忘却探偵でもないのに、記憶力にはあまり自信がない警部である――さすがに被害者のフルネームくらいは覚えているつもりだけれど、情報は正確を期したい。

(最後の仕事なのだから、きっちりしたいという思いがあるのかな)

そんな自己分析もそこそこに、波止場警部は説明を続ける。

「この池の中央あたりに、加勢木さんの死体がぷかぷか浮いているのを、ボートに乗っていたカップルが発見しました――すぐに110番されました」

「溺死《できし》ですか？」

「いえ、溺れた形跡はありませんでした。どうやら被害者は殺されたのちに、この池に沈められたようです」

「なるほど。つまり、この忘却探偵は、謎めいた被害者の死因を、追及すればよろしいんですね」

「違います」

またもフライングする今日子さんを、押しとどめる波止場警部――最速の探偵を制御するのは、なかなか骨が折れる。思い出してみれば、最初の事件でもそうだった。

思い出しても何も、今日子さんのほうは、その事件のことを忘れているのだが。

「死因は既に判明しております」

「死因もですか」

本当に陸上競技でフライングをしたときのように、今日子さんはよろめく。さすがに決まりが悪いのかもしれない。

「頭部に、強く殴られた痕がありました――直接の死因は、ですから、撲殺《ぼくさつ》ということになります」

「つまり、犯人は被害者の頭を殴ったあと、この池に放り込んだというわけですか――ふうむ」

と、今日子さんは問題の池を、右から左へ、見渡すようにする。

普段は家族連れやカップルが、ボートを漕《こ》いでいるなごやかな雰囲気の池ではあるのだけれど、死体が発見されたばかりの現在は閉鎖されていて、水上には鳥くらいしかいない。

「んーん？」

「……何か、疑問点でもありましたか？」

首を傾げて、白髪を揺らしている今日子さんに訊いてみたが、

「いえ」

と、彼女は首の角度を元に戻しただけだった。

「要するに、この忘却探偵は発見された水死体、加勢木二歩さんを、撲殺した犯人を見つければよいわけですね。なるほど、探偵としてはとてもスタンダードな仕事と言えます」

納得したようにそう言う今日子さんの見解を、三度にわたって否定するのはやや心苦しかったけれど、「ところが、それも違うんです」と言わざるを得なかった。

「犯人の目星は既についています。この公園の近くに住んでいる、被害者の恋人なのですが」

「…………」

今日子さんが、こちらを向いて、ややうんざりした顔をした——責められるような目で見られても、依頼内容を偽るわけにもいかない。

「動機がわからない」

「動機ははっきりしています。別れ話が相当にこじれていたようで、なので恋人ではなく、元恋人というべきかもしれません。脅迫めいた内容のメールが、復旧された被害者の携帯電話から発見されましたし、容疑者は周囲に、被害者に対する殺意を、頻繁に漏らしていたようです」

「はっはーん。となると、アリバイですね。アリバイ調査」

「被害者の胃の内容物から特定された死亡推定時刻に、容疑者のアリバイはまったくありません。むしろ、普段は仕事をしている時間なのに、仮病を使って休んでいたようです」

「……凶器が何かわからない？　傷跡が特殊な形状で、その上水死体だから……」

「凶器は金槌《かなづち》です。水死体でもそれとわかるくらい、きわめて平凡な傷跡でした」

忘却探偵は頭を抱えた。

そしてゆっくり首を振り、わななきながら、「では、この忘却探偵は、何をすれば働いたことになるのでしょうか」と、かなり不機嫌そうに言った。

「仕事をさせてください。仕事をください。仕事を。仕事。仕事」

「…………」

重度のワーカホリックだ。

これから職を辞そうという波止場警部とは対照的だった——何が彼女をそこまで駆り立てるのだろう。

探偵の中には、犯罪事件の謎を解くことに命をかけているような者も少なくないけれども、そういう性格に難がある探偵のところには、警察から依頼がいくことはない。今日子さんは、謎が好きなのではなく、仕事が好きなのだ——だが、その姿勢が何を基準にしているのかこそ、波止場警部にとっては、解けない謎だった。

初めて仕事を共にしたときから。

「仕事がないのでしたら、私はもう帰らせてもらいますけれど」

「ま、待ってください。ちゃんとあります。満足していただけるお仕事を、ご用意しております」

冗談抜きで、本当に踵《きびす》を返そうとする今日子さんを、波止場警部は回り込んで引き留める——もてなすようなことを言っても、別に、彼女が用意したわけではないのだが。

「確かですか？」

あやふやな目撃者の証言を確認するように、疑わしげに見てくる今日子さん——確かですかと訊かれても困るのだけれど、しかし、事件を捜査する上で、難関となっている事柄であることは、まあ、確かだった。

「問題は——水深なんですよ」

波止場警部は言った。

死体が発見されたあたり——池の中央のほうを指さして。

「この池は一番深いところでも、一メートル半もないんですよ。自然のものではなく、人工的に作られたため池でして——だから」

「死体を遺棄する場所として、適切とは言えない」

と。

今日子さんは先回りをするように言った——どれだけ予想を外そうと、あくまでも最速の探偵としてのスタンスは崩さないらしい。神様がブレーキを付け忘れたのだろうか。

いや、さっき、「んーん？」と首を傾げていたとき、彼女はそのことに、既に気付いていたのかもしれない。

「すぐに発見されちゃいそうですものね。たとえ浮かび上がってこなくとも、水面越しに、沈んだままでも発見される可能性もあるくらいでしょう」

「ええ……、控え目に言って、透明度が高いとは言えない水質ですが、底に人体が横たわっていたら、わかってしまいそうですよね」

実際にわかるかどうかはともかく、死体を遺棄する側の気持ちになれば、不安を感じるロケーションだろう。人里離れた山の中の池と言うならばともかく、市民公園のど真ん中である――事実、カップルに発見されてしまったわけだし。

「しかも、先ほどのお話ですと、容疑者はこの近辺にお住まいになっているとのことでしたね――自分の家の近所に、殺した死体を捨てるなんて、ちょっと考えにくいです」

「そういうことです――つまり、容疑を固める上で、そこがネックになっているというわけです」

もちろん、現状でも令状をとれるだけの状況証拠は揃っている。しかし公判を維持するためには、逮捕に踏み切る前にその疑問点をきっちり消しておきたいというのが、上層部の考えかたのようだった。

まあ、情報公開も可視化も進み、取調室で自白を強いるような時代ではないということなのだろう――事件に慎重に取り組むという姿勢には、波止場警部も賛成だったし、それで事件解決までの時間が延びれば、それだけ長く警部でいられるということだったので、責任者として、それに反対する理由はなかったのだが、まさか上層部が忘却探偵を呼ぶとは、計算外にもほどがあった。

通常よりも早く解決してしまうことは請け合いである――もちろん、今日子さんがその卓越した推理力をもってこの謎を解いてみせることが前提だが。

「容疑者はなぜ、この池に殺した死体を沈めたのか――言い換えれば、被害者はなぜ、この池に沈められることになったのか。この忘却探偵は、その理由を探ればよいのですね？」

さっきまでの見当外れを、それこそリセットするかのようにそう言って、今日子さんはその表情に微笑みを取り戻した。

「承りました。解決しましょう、最速で」

その心構えを前に、ちょっとくらいならのんびりしても構いませんよと言うことは、波止場警部にはできなかった。

3

「大前提を確認しておきますと、死体を海や湖に沈める理由は、隠匿するための処理の方策としてというのが、メジャーですよねえ」

と、今日子さんは池の周囲を歩き始める。

相変わらず、じっとしていられない人だと思いつつ、波止場警部はそのあとをついていく――忘却探偵に、その類まれなるパフォーマンスを最大限に発揮させるためには、とにかく『好きにさせておくのがいい』というのが、警察内では定説になっている。

要はほったらかしにしておいて、問題を起こさないように離れて見張っておくのがいい――歩きたいなら、歩きたいまま歩かせておくのが最善なのだ。

だから、『死体の処理に、メジャーもマイナーもあったものじゃないでしょう』と、波止場警部は倫理的に思うのだけれど、そんな議論に持ち込んで、彼女の考えを妨げるべきではない。

「運がよければ、水死体はお魚さんの栄養になって、なくなっちゃうかもしれませんし——ちなみにこの池に、お魚さんは住んでらっしゃるのですか？」

「いないようですよ——誰かが勝手に放流した、金魚やメダカくらいならいるかもしれませんけれど、公園の管理者が飼っているというようなことはないようです」

平然と、可愛い顔をしてえぐいことを言っている今日子さんにはらはらしつつ、波止場警部は答える——池に魚がいるかどうかなんて、これと言って気にしたことはなかったが、少なくとも捜査中、そんな情報は上がってこなかった。

「再確認です。被害者の加勢木二歩さんは、溺死されたのではないんですね？　金槌で頭を殴られたときに、確実に亡くなっておられた？」

「ええ、それは間違いありません」

「ふむ……、溺れてないけれど金槌……」

なんだか駄洒落みたいな独り言を言っている。

まあ、今日子さんの推理は行き当たりばったりと言うか網羅的と言うか、思いついたことを全部試してみるというようなやりかたなので、そんな一見すると馬鹿馬鹿しい可能性でも、無視できないのだろう。

実際、波止場警部がかつて忘却探偵と共にした事件の中には、そんな『見立て殺人』もあった——画趣と言えば画趣だったが、駄洒落と言えば駄洒落だ。

「死体が浮かんできたことで、発見されたとのことですが、被害者は池に沈められるにあたって、重しのようなものでくくられてはいたんですか？」

「いいえ、そういった工夫は何もされず、ただ放り込まれていただけという感じでした——沈んでいた死体が腐敗し、ガスが発生して浮上してきたという感じです」

「はあ。デート中にボートを漕いでいるときに、そんな膨れ上がった水死体を見つけたりしたら、ムードはぶち壊しだったでしょうねえ」

今日子さんは第一発見者達をおもんぱかるようなことを言った——なんともとぼけた物言いである。

カップルの仲を心配している場合じゃないと思う。まあ、波止場警部にない視点をもっているから、彼女はここに呼ばれているわけだけれど。

「その容疑者が、本当に犯人なのかどうかは、いったんさておくとして——まずは瀬踏みに、少しシミュレートしてみましょうか」

「シミュレート？　何をです？」

「犯人の行動をです」

と、今日子さん。

「犯人は、どこか、ここことは別の場所で、被害者の加勢木二歩さんを、金槌で撲殺しました——そして、その遺体を抱えて、この公園を訪れる。ここまではいいですか？」

「は、はい」

改めて質問されると構えてしまうけれど、間違いようのないくらい、それはシンプルな想定である。あえてシミュレートするまでもない。

「死体が浮かんできたのが、池の中央だったことを思うと、ほとりから雑に放り込んだというわけではないのでしょう——ボートに積んで、池の真ん中まで運んで、沈めたと見るべきですよね」

「ええ……、ボートの管理は、かなりいい加減と言うか、おざなりなようでしたので。調べたところ、貸し出しボートのうちの一台に、被害者の血痕《けっこん》が遺されていました」

「あら、そうでしたか——では、このあと提出しようと思っていた、犯人は被害者を背負って、池の中央まで泳いでいったという仮説は、おとなしく引っ込めておいたほうがよさそうですね」

そんな仮説があったのか。

荒唐無稽としか思えなかったけれど、しかし、そこまで徹底して精査するのが、シミュレーションというものなのだろう。

「被害者を池に沈めたのち、犯人はこの遺棄現場から逃走した――服を着せたままだったことや、個人を特定するような所持品を処分していないことから見ても、相当雑な手際ではありますけれど、しかし、こうして考えてみると、犯人にはどうしても、被害者を池に沈めたかった理由があったようにも思えますよね――地下に埋めるのでもなく、燃やすのでもなく」

「ええ……まあ、埋めるのや燃やすのは、沈めるのよりは手間がかかるものでしょうが、しかし、わざわざボートまで漕いで死体を沈めるというのが、楽だとは思えませんし」

それで死体が永遠に見つからなくなるというのならまだしも、現実的には見つかってしまっている。

結果としては、草むらに遺棄したのとそんなに変わらない――その労力に対して、まったく報われていないと言える。

「しかも、自分の家からほど近くの池だなんて――見つかったとき、さあどこからでも疑ってくれと言っているようなものですよね」

波止場警部がそう言うと、「それは、その恋人さんを、容疑者と定めた場合ですけれどね」と、今日子さんは注釈した――そうか、今は、犯人を誰それと、想定しない場合のシミュレーションだったか。

「一応は公平に、その点についての反証も述べておきますと、波止場警部。ひょっとすると、『近所だったから』こそなのかもしれません――土地勘がある場所のほうが、当然、行動しやすいでしょうから。池に人気《ひとけ》がない時間帯や、ボートの管理状況なども、あらかじめ知っていたのかもしれません」

「……でも、それって本末転倒じゃないですか？　土地勘がある場所に、死体を隠そうとするなんて――」

「ええ、私もそう思いますが。しかし存外、隠したい秘密は、自分の縄張りの中に置いておかなければ不安になる人というのも、世の中には少なくないとも聞きますし――手元で管理しておきたいという気持ちでしょうね」

「…………」

まあ、それはわかるような、わからないような話だけれど――ただ、やっぱり、それだけでは納得しがたい理屈である。だったらいっそ、自宅にでも隠しておけばいいのではとさえ思う。

「被害者が沈められた理由――この公園でなければならなかったのか、それとも、池ならばどこでもよかったのか。どこでもよかったのなら、どうしてこの池が選ばれたのか――土地勘。うーん……」

今日子さんは歩くペースを緩めることなく、ぶつぶつと呟く。

「隠そうとしたとは、とても思えない池の水深。ボートが貸し出され、人の行き来も多い――遅かれ早かれ、発見されること自体は、覚悟の上だった？　だとすれば、他に目的があったはず……」

「それがわからなくて、捜査は二の足を踏んでいる状況なんです。ですから今日子さんに――その、細かいことなのかもしれませんが」

「いいえ、大切なことだと思いますよ。それに、考えてみれば、結構深いです――水深ではなく」

言わずもがなの注釈をしつつ、今日子さんはようやく足を止めた――考えがまとまったのかと思ったけれど、そうではなく、単に池を一周して、元の場所に戻ってきただけのようだった。

一周するのに、三十分もかかっていない。

やはりそんな大きな池でもないのだ。

この池を見て、ここに死体を沈めようとは、波止場警部なら思わないだろう――そもそも波止場警部なら、人を殺そうと思わないけれど。

（まあ、仮にも恋人関係にあったんだから、容疑者だって、最初から殺そうと思っていたわけじゃあないんだろうけれど――）

二人の仲がこじれた理由も、聞いてみれば、くだらないと言ってしまっていいことばかりだった。浮気やお金の話でさえなく、猫派だとか犬派だとか、好きな本の解釈がどうだとか、そんな程度から端を発していた。

その程度の喧嘩《けんか》なら、波止場警部だってする。

と言うか、しょっちゅうだ。

そんな軽いやり取りが、最終的には殺人事件に発展するのだと思うと、『喧嘩するほど仲がいい』なんて、ドメスティックバイオレンスの何たるかを知らない、お気楽な標語なのだと思い知る。

「推理小説のような意外性を求めず、ただ一般的な感想を述べるならば、犯人に考えが足りなかったと見るべきなんでしょうね。つまり、浅かったのは水深ではなく、容疑者の考えだったと」

それは言わずもがなと言うより、わざわざ言わなくていいような注釈だったけれど、まあ、当然の所見と言うべきだろう。

とにかく死体を処分したくて、まさか水に沈めれば死体が溶けてなくなると思っていたわけではないだろうが、とにかく自分の視界から消したくなって、知っている池に沈めた——水死体が腐敗後、発生したガスで浮き上がってくることとなんて知りもせずに。

捜査班内でも、おおかたのところは、そんな見方が優勢だ——どちらかと言えば、波止場警部も、そちらの派閥に属していた。

「今日子さんも、そう思われるんですか？」

「その可能性を完全には否定しきれませんが、どうでしょうねえ。探偵だから職業病で意外性を求めているのだと言われてしまうかもしれませんけれど、もし容疑者の考えが浅かっただけなのであれば、被害者のご遺体と共に、凶器の金槌も発見されていてしかるべきという風にも思えます……、逮捕に至っていないということは、凶器という物的証拠は、まだ見つかっていないんですよね？」

「ああ……」

言われてみれば、そうか――死体がこんな簡単に見つかったのに、凶器は見つかっていないというのは、ほどほどに違和感の残る事実だ。

ならばあったのか。

浅くない考えが。

「では、今日子さんは、どう考えておられるのでしょう――被害者はどうして、こんな池に遺棄されることになったのか」

「波止場警部。初対面のあなたに、こんなことをお頼みするのは、いささか図々しいかもしれないのですが、ひとつ、ふてぶてしいお願いをさせてもらってもよろしいでしょうか」

忘却探偵は、波止場警部からの質問には答えず、そんな前置きをした――忘却探偵が図々しくてふてぶてしいというのは、既に警察内部では揺るぎない定説のようなものなので今更にも程があったが、当の本人は、ご自身の伝説的な振る舞いの数々を忘れているので、そんな前置きもしたくなるのかもしれない。

この白髪の探偵の言動に、これまでさんざん振り回されてきた波止場警部も、これが最後のことなのだと思うと、おおらかな気持ちにもなれて、「構いませんよ。なんですか？」と鷹揚《おうよう》な風に応じた。

対して今日子さんは、両手を身体の前で組み、まるでもじもじするような仕草をしてみせてから、

「あなたをデートにお誘いしようと思っているのですが」

と言ったのだった。

4

とても光栄ですがわたしには将来を約束した相手がいるんです、などと波止場警部があたふたしている間に、忘却探偵はてきぱきとスピーディに、ボートを借りる手続きを済ませていた——要は、今日子さんは紛らわしい言いかたをしただけで、一緒にボートに乗って、実際に被害者の死体が沈められていた場所までより近づこうと、彼女を誘っ

ただけだったらしい。

それくらいだったら思わせぶりな言いかたをせず、もとい、変な前置きをせずに、普通に頼んで欲しかったけれど。

ともあれ、今日子さんはワンピースを翻しながらボートに乗り込んだ――そのあたりの図々しさとふてぶてしさは健在である。

（仕事か……）

最後の仕事が、今日子さんとボートを漕ぐことだなんて、なんとも締まらないと言うか、抜けている感じさえするけれど、それも贅沢な感想というものだろう。

それに、まさか今日子さんが一人ボートで池の中央まで行く様子を、ほとりから眺めているわけにもいかない。波止場警部は覚悟を決めて、彼女に続いてボートに乗り込んだ――小さなボートなので、ちょっとした動きで、かなり揺れる。

オールは片方ずつ受け持ちましょうと今日子さんは提案したが、最速の探偵である彼女に櫂《かい》を任せるのは危険だと判断せざるをえなかったので、『二人だとうまく漕げないかもしれないので、かわりばんこで漕ぎましょう』と言って力仕事は波止場警部が担当することにして（実際には探偵に、一度手にしたオールを渡すつもりはない）、彼女には頭脳労働を担当していただくことにした。

しかし、やってみると、人間を二人乗せた小舟は、なかなかまっすぐは進んでくれず、醜態を晒すことになる――池の底に死体を捨てると言うのも、どうやらそんなに簡単なことでもないらしい。

「さっきの質問にお答えしますと――」

と。

今日子さんはボートの縁から手を伸ばして、池の水に指先でそれとなく触れながら、語り始めた。

「――水葬のつもりだったのかもしれませんね」

「水葬？　ああ……、つまり、犯人は殺してしまった被害者を供養するつもりで、池に沈めたのだと、今日子さんは考えておられる」

「そういう考えかたもある、というだけのことです――言っておいてなんですが、あんまり現実的だとは思ってはないです。積極的に採択するつもりはありません」

「まあ、自分で殺しておいて、丁重に供養するなんて、ちぐはぐですよね……」

「それもあるんですけれど、水葬と言うには」

今日子さんは手のひらで、水をすくって見せる。

「あんまり、綺麗な水質じゃあなさそうですし――管理人のかたには申し訳のない物言いですが、この池に埋葬されたいとは、あまり思えないでしょう」

管理人のかたも、この池が死体で満ちることを望んではいないだろうが――こうしてボートで浮かんでみると、水質の濁りかたも、際立って見える。

ただ、やはり底が見えないほどの不透明かと言えば、そこまでは言えない――せいぜい、半透明と言ったところだ。そしてそんな『あんまり、綺麗じゃあなさそう』な水に、平気で触れているあたり、やっぱり忘却探偵には見た目からではわからない気骨がある。

「犯人が確かに元恋人で、愛憎相半ばでの犯行だったと言うのならば、勢い余って殺してしまって、その償いのように水葬するというのはあるでしょうが――埋め合わせをするなら、埋葬を選ぶでしょうしねえ」

死体処理の方法でうまいことを言ってどうするのだ――そんなところで、才能を発揮しないで欲しい。

「でも、今日子さん。供養というのはないにしても、被害者を水に沈めることが、犯人にとってなんらかの儀式だったというのは、ありそうにも思えますが？」

「水につければ、愛する人が生き返るとでも思ったんですかねえ？　乾燥若布《わかめ》じゃないんですから――撲殺ではなく、干からびさせて殺したというのであれば、ありうるかもしれませんが」

そんな拷問みたいな殺しかたは、波止場警部のささやかな経験においては、見たことがない――よしんばそんな乾燥死体が『水で戻された』のだとしても、絶対にその痕跡は残るはずである。

「被害者を悼む気持ちで沈めたのではなく、被害者をそうやって沈めることで、自分の罪を、なかったことにしようとしたのではと、わたしは思うんです——いわば、贖罪《しょくざい》の儀式ですね」

「ふむ。贖罪の儀式、ですか」

一考に値するというように、頷く今日子さん。

だから調子に乗ったというわけではないのだけれど、

「ええ。水死体だけに、水に流そうとしたんじゃないかと」

と付け加えると、

「はあ？」

と、今日子さんはこれでもかというほどに、怪訝《けげん》そうな顔をした。そんな不謹慎なことをよく言えますねというように、眉《まゆ》を寄せている——自分はさんざん言っておいて、勝手過ぎるだろ。

「池ですから、水は流れていませんよね——水死体も、流れてはいかないでしょう」

そんな風ににべもなく、きっぱりと否定したのちに、

「儀式ではなく、感情の発露」

今日子さんが別案を出した。

このあたりからが網羅推理の忘却探偵の真骨頂と言うか、手を替え品を替えの今日子流である。しかし感情の発露とは？

「つまり、水質がごらんの有様だったからこそ、死体をこの池にぶち込んだ――遺棄ではなく、損壊だったというわけです」

「遺棄ではなく――損壊」

尊厳ある人間の死体を、あえてその辺のゴミ捨て場に捨てて、辱めるような行為の類似例か。そこまで言うほど、汚いどぶ池というわけではないのだが――一応、家族連れや恋人達の、憩いの場ではあるわけだし。

「その『家族連れや恋人達』を、驚かせたかったというのが、私の提案する、更に別案です」

「驚かせたかった？」

「ですから、いみじくも先ほど申し上げました通り、第一発見者の、デート中だったカップルは、びっくりされたと思うんですよね」

ムードぶち壊しと言っていた。

デート中に、死体がぷかぷか浮かんでいるのを見かけたら、そりゃあ――それが偶然の産物ではなく、犯人の意図通りだったと言うのか？　つまり、浅はかさゆえに、死体を池に沈めたのではなく、あとから浮かんでくることは、最初から織り込み済みだった？

「つまり、第一発見者となるカップルのデートを台無しにすることが、犯人の目的だったと仰るのですか？　自分の恋愛がうまくいかなかった腹いせに……、嫌がらせのように、死体をデートスポットに配置した、なんて……」

「そこまでいくと、荒唐無稽ですかねえ」

今日子さんは肩をすくめた。

釈然としないのはむしろこちらだったし、さっきから今日子さんが、現実味のないアイディアばかりを提出していると思うのだが。

彼女の中のリアリティの基準は、非常にわかりにくい。

「いえいえ、ですから、該当カップルを標的にした嫌がらせだったというのが、荒唐無稽なのです——不特定多数を標的としていた嫌がらせだったとすれば、その可能性はなきにしもあらずでしょう」

「文字通り、家族連れや恋人達、全体を標的としていたと言うのですか？　つまり、発見するのは、そういう……、なんというか、幸せそうな人間ならば、誰でもよかった。ある日の穏やかな公園風景を、ずたずたにする時限爆弾として、池底に死体を設置した……」

なきにしもあらず——だろうか。

それを主たる目的に、人を殺すなんていうのは、さすがにありえないだろうけれども、もう殺してしまった、取り返しのつかない死体を、そんな風に利用し、役立てようという思考回路は、働いてもおかしくないのかもしれない。

人間の頭の中では、どういうことでも起こる――それを実行に移すかどうかの壁を、越えられるかどうか。

波止場警部が思ってしまったように、『池に仕掛けられた時限爆弾』なんて考えると大仰だけれど――平和に暮らしている奴らの日常を破壊してやれ、嫌なことを見せて、嫌なことを言って、嫌な気分にさせてやれというような破壊衝動は、多かれ少なかれ、誰でも持っている。

「なにせ人を殺した直後ですから、まともな精神状態でやったこととは思えませんし――理性をなくし、衝動にかられるままに動いてしまったのかもしれません。あとで、そんなことはするべきじゃあなかった、もっと遠くの、山中にでも埋めるべきだったと考え直したところで、沈めたあとじゃあ、後戻りはききませんからねえ」

と。

波止場警部の頼りない腕力で、池の中央に辿りついたところで、今日子さんはすっと、立ち上がった――揺れるボートの上でも、まったくバランスを崩さない。細い身体には不似合いなほど、体幹が強いのだと思われる。

（アクティヴなディテクティヴだから、探偵活動をしているだけでも、鍛えられちゃうんだろうな――オールを漕いだだけで疲れちゃってる、へなちょこなわたしとは違って）

「殺人は、実行するための準備よりも、後始末のほうが大変だという話なのかもしれません――ゲームみたいに、倒した敵がぱっと消えたりは、しませんからねえ――バラバラ死体、飛び降り死体、絞殺死体、水死体。死体にもいろいろありますが」

それこそ網羅的に、適当に死体の状態を羅列する今日子さん――彼女自身は忘れているだろうが、そんな種々雑多な死体のかかわる事件を解決してきた彼女が言うのだから（かかわってきた死体の数は、波止場警部を遥《はる》かに凌駕《りょうが》するに違いない）、至言として受け止めるべきか。

（忘れているだけで、水死体の事件に対するのも、これが初めてじゃあないんだろうなあ、きっと――）

そんな経験は、記憶には残らなくとも、無意識下に刻まれて、体幹同様に、『推理脳』や『推理筋肉』を鍛えているのだろうか。

そんなことをぼんやりと考えていると、今日子さんは立ったままの姿勢で、

「ここで、一般的見解でも、探偵的見解でもない、ミステリーファンとしての見解を述べるならば」

と言った。

ミステリーファンとしての見解？

「推理小説読みのリテラシーとでも言いますかね。記憶が更新されない私の情報源は、いささか古典的ではありますが」

「はあ……、リテラシー、ですか」

よくわからない。

波止場警部は推理小説どころか、警察小説にだって手を付けていないくらいの読書量だった——参考書ばかり読んできた。それが悪いことだとも思っていない。

「容疑者の自宅近くに死体が遺棄されていたからこそ、それがネックとなって、逮捕に踏み切れずにいる——この状況こそが、容疑者の目論見通りという可能性には、ミステリーファンとしては、心ひかれるものがあります」

「ん……、捜査を混乱させることが目的だったということですか？」

「この場合はもう少し具体的なのです——もしも自分が犯人だったなら、そんな近所に死体を捨てるはずがない。ゆえに、自分は犯人ではない——という三段論法を組み立てようとした」

「なるほど……、推理小説的ですね」

疑わしきは罰せずというのは刑法の理念ではあるが、疑わしきは犯人ならずというのが、ミステリーの黄金律というわけか――いや、あながち、絵空事とばかりは言えない。

事実、警察は今、その不可解な点の答を探すことに気を取られて、容疑者を逮捕できずにいる――わざと自分に不利な言動を取ることで、『何かあるのでは』と思わせる策略は、実際のところ、人間相手にはそれなりに有効であり、そして捜査機関は人間によって構成されている。

科学捜査の限界でもある。

だからこそ、今日子さんのような、外部からの助力が必要になるときもあるのだが――

「……ただ、それは探偵としての見解ではなく、あくまでもミステリーファンとしての見解なのですよね？」

「はい。容疑者がミステリーファンだったならば、ありえなくはないと思いますが――現実を生きる探偵としては、いささか承認しがたい仮説です。そこまで考えられるなら、もうちょっと趣向を凝らしてもよさそうなものですし――」

言いながら、今日子さんはボートの中を移動し、縁から身を乗り出すようにして、池の中を覗くような姿勢を取る――危なっかしい、どころではなかった。

どれだけ今日子さんがバランス感覚に優れていようとも、そんな偏った場所に立たれてしまうと、ボート自体のバランスが崩れる。

「きょ、今日子さん。す、座ってもらえませんか……、そこに立っていられると、ボートが転覆しかねません」

底まで見通せるかどうかを確認しているつもりなのだろうが、現在は鑑識作業も終了し、捜査に役立つようなものは、沈んでいないはずだ——何もなければ、何も見つけることはできない。

「です、ね。なので、波止場警部」

言って、今日子さんは、座るどころか、ボートの縁に、ぴょんと飛び乗った——源《みなもとの》義経《よしつね》か誰かのように、十センチにも満たないような足場の悪い場所に、片足で立つ。

いや、そこはもはや片足でしか立てないような足場ではあるのだが、こうなるともはや、バランス感覚ではなく、度胸の問題である——脊髄《せきずい》反射的に、波止場警部はボートの逆側に倒れ込むようにして、ボートがひっくり返らないように計らった。

その試み自体は成功したが、結果、今日子さんが立ったポジションからは、むしろ遠く離れてしまうことになった——力ずくでその位置から引き戻すことができない。

なので？　何がなので、だ？

「このボートで、真上から、私の姿が目視できるかどうか、確認していただけますか？」

面に向けて、倒れ込むようにダイブした。

「実験と、実践と、実体験です」

そう言って忘却探偵は。

直立姿勢を維持したままで、先日死体がぷかぷか浮かんでいたのとほぼ同じ座標の水面に向けて、倒れ込むようにダイブした。

「か——確認？」

5

実際に、水底に沈んだ死体が、どれくらい見つかりにくいものなのか確かめるために、今日子さんは自ら死体役を務めようということらしい——先程犯人の動きをシミュレートしたように、今度は被害者の動きを、そして動かなさを、シミュレートしようと言うのか。

いや、これまでもたびたび、そんな風に『死体』を演じることで、真相に肉薄してきた忘却探偵ではあるけれど（本人は忘れているが）、しかし、今回ばかりは、いくらなんでもやり過ぎだ、と、波止場警部は慌てた。

綺麗とは言えない池に飛び込むことが、まして死体が沈んでいたのと同じ池に身を沈めるなんてことが、衛生的に心配だなんて問題は、この場合些末《さまつ》でどうでもいいことである――重要なのは、人間は、水中では呼吸ができないということである。

水死体を再現するのだけは、バラバラ死体や飛び降り死体や絞殺死体をトレースするのとは、事情が違う――にもかかわらず、彼女はためらいも見せず、心地いいベッドにでも飛び込むように、水面に身を投げ出したのである。

目撃者がいれば、入水自殺だと思うこと、間違いなしのぶっ飛んだ行動だ――すぐさま救助に乗り出そうと、上着を脱いだ波止場警部だったが、すんでのところで、思いとどまる。

ここで自分が、沈んだ今日子さんを引き上げれば、彼女は無駄に、水没したことになる――事前に相談を受けていれば、絶対に受け入れることのできなかった『実験と、実践と、実体験』だったけれど（だからこそ、今日子さんは相談しないままに実行したのだろうけれど）、それらは既に、『実行』されてしまったのだ。

今日子さんの自己犠牲的とも言える行為を無駄にしないためには、救出する前に、まずは目視しなければならない――沈んだ今日子さんの姿が、どの程度、見えるものなのか。

案外、光の反射でまったく見えないのならば、死体の隠し場所として、適切に思えなくもないかも――そうであれば、事態は少なからず進展するのだ。

だからまず、今日子さんが飛び込んだことで揺れるボートの中を這うように移動し

（それでも揺れが最小限だったのは、今日子さんが重力に任せて落下することで、ボートに反動を与えなかったからだろう――そんな気遣いができるなら、一存で行動するのを止めて欲しい。今回だけでなく、毎度毎度）、彼女が飛び込んだ場所に身を乗り出す。

「うっ……」

と、思わず唸《うな》ってしまった。

底がまったく見えなかったから――ではない。むしろ、想像していたよりも、よく見えた――日光がほぼ真上から差しているという時間帯の問題もあるのだろうが、やはり人間一人の身体が横たわっているというのは、インパクトがあって、心理的にも、どうしても見つけやすくなってしまうのだろう。

と言うか。

今日子さんは水底に横たわって、身じろぎもしていなかった――揺れているのは髪と服だけで、手足は微動だにしない。

飛び込んだショックで心停止したんじゃないかと思うくらいに、堂に入った死体っぷりだった――ただし、水中なのにくわっと見開いている目は、確かに生きていた。

その鬼気迫る視線、形相にこそ、波止場警部は唸ってしまったのだった。

（唇から泡も漏れていない――死体を徹底するために、呼吸を止めているのか？）

「今日子さん！　もう結構です！　見えてます！　十分に目視できます！　早くあがっ

てきてください！」

大声で叫ぶ――水深が浅いと言っても、水面を挟んで会話するとなると、百メートル以上離れているようだった。どれだけ大きな声で呼びかけても、聞こえているかどうか不安だった。

「ぶはあっ！」

幸い、波止場警部の必死の声は届いたようで、今日子さんは水中で身を起こし、ボートに手を伸ばしてきた――さすがにこのときは、ボートのバランスやら、反動やらを考慮する余裕はなかったようで、全体重をかけてよじ登ってくる。服が水を含んで、重さは増しているだろう――波止場警部は、先ほどのように対角線に移動して、ボートが転覆しないようにする。

「かはっ、かはっ……、はああっ……、ふう」

ずぶ濡《ぬ》れのままで、ボートの中で寝転がる今日子さん――タフな今日子さんでも、水中というのは、やはり相当の体力を消費するらしかった。

「溺死は一番苦しい死にかただと聞きますが、実感しました……、それが目的ではなかったのですが」

言いながら、今日子さんは眼鏡を外す。

「すみません、波止場警部。ハンカチを貸していただいても構いませんか？　私のは、私ごとびしょ濡れになってしまいましたので」

「あ、はい。そちらの上着の胸ポケットに……、取っていただいて構いませんよ」

「どうも」

取り出したハンカチで、眼鏡を拭《ふ》く今日子さん——そしてかけ直すと、今度は白髪を絞り出した。

「失礼」

と、今度はカーディガンやワンピースの裾を絞り出す——かなり水分を吸っていたようで、ボートの中が水浸しになっていく。そんな作業のかたわら、

「目視できたとのことでしたが、具体的には、どんな感じでしたか？」

と、確認を進めようとする、最速の探偵である。

波止場警部は、

「やっぱり、相当目立ちましたね……、浮いてこなくても、見つかってしまいそうです。ボートを漕いでいる人間が身を乗り出してまで、水底を見ようとするかどうかは別ですが」

と答えた。

「見ようとするんじゃないですか？　水上に出て、自分のいる場所がどれくらいの深さなのか見てみたいと思うのは、自然な心理という気もします。となると、やっぱり、こ

の位置が死体を遺棄する場所として、もっとも適切であるとは言いにくそうですねえ」

そう言ってから今日子さんは、

「ついでに申し上げますと、ボートに乗ったら、『身を乗り出してみたい』と思うのも、人間としてとても自然な心理というようにも思えます」

なんて、付け加えた。

それが、身を乗り出すどころか、実際におこなった人間の感想なのだとすれば、傾聴するしかなかった。

「もちろん、犯人が死体を隠匿するために水底に沈めてから、『ぜんぜん見えるじゃん！』と気付いたケースも想定すべきですがね」

そんな軽いリアクションではないだろうが、犯人が浅はかな場合なら、ありえなくもないか――その場合、引き上げ作業が容易ではないことを思うと、そのままやむなく、死体を沈めたまま放置して帰るということはありえる。

ただ、それは今日子さんがその身を沈めるまでもなく、波止場警部が当初より感じていたことではあるが、ここを死体の隠し場所として、適切だと思う理由が、そもそもないように思えた。

予想より悪かったが、しかし池を見たときに立てられる予想が、まず良くない――近所に死体を捨てるというリスクを取ってまで、ここに死体を隠そうという発想を持つ理由が見つからない。

振り出しか……。

結局、今日子さんの身投げは無駄になってしまったのだろうか？　いや、真っ当な可能性を潰せたという意味では、完全に無駄とは言えないにせよ……。

「はい。絞り終わりました。ハンカチ、今日中に洗ってお返ししますね、波止場警部」

「あ、いえ、構いませんよ。それより今日子さん、着替えたほうが……」

「大丈夫です。こんなこともあろうかと、乾きやすい素材のお洋服を着てきましたから」

こんなこともあろうかとって……、最初から入水するつもりだったのか。

どんな支度だ。

それに、乾きやすかろうとどうだろうと、水底に寝転ぶことで泥だらけになった、無惨な有様の『お洋服』を着た今日子さんの姿は、思ったよりも酷いものである——目も当てられないと言っていい。

どうして警察官でもない、いわば民間人であるこの人が、殺人事件を解決するために、ここまでしなければいけないのかと、思わずにいられない姿だった。

「今日子さん」

波止場警部は言った。

それは仕事が終わってから質問しようと思っていたことで、まだ捜査中のこのタイミングで訊くことではないのかもしれなかったけれど、とても禁じ得なかった。

「あなたはどうして、そこまで探偵であろうとするんですか？　そんなことをしなくとも、別の幸せがあるとは思いませんか？」

「幸せ？」

きょとんと、今日子さんは、不思議そうな顔を浮かべた。

「私は別に、幸せであるために、探偵をしているわけではありませんけれど――ただの仕事ですよ」

ただの仕事。

あっけない物言いだったけれど、なんだかそれは、その道の熟練者が、大した謙遜《けんそん》のつもりもなく、『こんなのは所詮は趣味ですよ』と言うのと同じように聞こえた。

「では、謎を解くのが、楽しいとか？　探偵であること自体はあくまでも手段で、不可思議な犯罪事件に、心躍らずにはいられないとか――」

「あはは。謎解きが嫌いとは言いませんけれどねえ――でも殺人事件に限らずとも、魅力的な謎なら、世界にはいっぱい、ありふれていますしね。数学の十大難題を解けば、賞金も出ることですし」

確かに。

しかしそれを言うなら、彼女の能力の高さを最大限に生かす職業が、探偵であるとは、とても思えない――ならばなぜ、数学の問題に挑まないのか？

お金目当てではないのだろうか。

「お金目当てですけれどね。私は一円もらえれば、一円分、百万円もらえれば百万円分、働くだけの探偵です」

今日子さんはあけすけにそんなことを言ってから、

「私にそんなことを聞くのは、波止場警部が退職なさろうとしているからですか？」

と、逆質問してきた。

どうしてそれを？

どこで迂闊な発言を漏らしてしまったのだろう――と、当惑するまでもなく、今日子さんは、

「失礼。ハンカチをお借りするときに、見つけてしまいました」

と言って、波止場警部の上着を指さした――その内ポケットには、彼女のしたためた、定型文だらけの退職願が収納されている。

「ああ……、ええ、実は、この事件を最後に、引退するつもりでして」

ばれてしまえば、別に隠し立てするようなことじゃあない――『最後の事件』なんて気取って言ったところで、所詮、それは、それだけの話に過ぎないのだから。

すべての事件が『最後の事件』である今日子さんにとっては、どうでもいいような話とも言える——『会ったばかり』で『初めまして』のいち警察官が、職を辞そうと結婚しようと、そんなのは無関係である。

それでも彼女は言い訳するように、言った。言うのだった。

「結婚をきっかけに、生活を変えようと思いまして……、どうもわたしは、警察官には向いていないようなので、足を洗ういい機会だと思ったんです。これからは、なんというか……、人命や、治安にかかわらないような仕事をするつもりでして」

「人命や、治安にかかわらないような仕事」

「ええ、だから疑問なんです。今日子さんも、警察に捜査協力をするような、危ない仕事から足を洗おうと、思ったことはないんだろうかって」

危ない仕事も何も、今回のことさえ、彼女にとって特別でないと言うのなら、彼女は警察官並に命を危険に晒している——文字通り、自ら死地に飛び込んでいると言っていい。

ところが、今日子さんの返答は、

「あるでしょうねえ、そりゃあ。私だって、退職願を書きたくなることくらい」

だった。

「探偵が嫌になることも、仕事が嫌になることも。でも、そんな気持ちも、明日になれば、綺麗さっぱり、忘れちゃいますから」

「…………」

今、下手をすれば死にかけたことも、明日になれば忘れると言うのか——それが忘却探偵ということなのか。

言葉を失う、壮絶な話だった。

そう思うと、自分の書いた退職願が、ますます軽いものであるように感じられた——彼女は探偵を、辞めることすらできないのだ。

そんなの、まるで強制労働じゃないか。

「なので、波止場警部。足を洗うと言うなら、私は毎日、洗っているようなものなんですよ——今なんと仰いました？」

事件とは関係のない雑談を、そんな風にまとめようとしたところで、今日子さんは唐突に、何かに気付いたように顔を引き締めた——え？

「なんと仰ったって……えっと。そ、そんなの、まるで強制労働——」

いや。

それは思っただけだ、言っていない。

働いている本人に向けて言うことじゃないし、これから辞めようとしている人間の発言としても、不適切だ。

そうじゃなく……、ならば、今日子さんは、果たしてどの発言のことを言っているのだ？

「『足を洗う』――二回にわたって、そう仰いましたよね？」

「えっと……はい、言いました」

その慣用句なら、今日子さんが自分で言った分も含めれば、三回登場した。仕事を辞めるという意味で使った慣用句だが、それがどうした？　厳密には、『汚れ仕事』を辞めるという意味だから、警察官や探偵職に使うのは適切ではないと、辞典みたいな揚げ足取りを言うつもりだろうか？　確かに自虐が過ぎたし、ともすると侮辱的でもあったかもしれないけれど――

「いえいえ、揚げ足取りどころか――いい足場を作っていただきましたとも」

事件解決です。

今日子さんはそう言って、にこりと笑った――それはとても、強制労働を強いられている人間が浮かべるような表情ではない。

いきいきとして、やり甲斐を。

生き甲斐を感じているとしか言いようのない表情だった――ずぶ濡れでありながら、水死体らしさなんて、つゆほどもない。

「じ、事件解決って……じゃあ、容疑者がどうして、死体をここに沈めたのか、わかったと仰るんですか？」

「もちろん。私にはこの事件の真相が、最初からわかっていました」

なぜ推理の信憑性を自らおとしめるようなことを言う――その上彼女は、こんなわけのわからない発言を続けたのだった。

「ところで、波止場警部。容疑者は、猫派だったんですか、犬派だったんですか？」

6

容疑者が猫派か犬派かが、いったいこの事件の真相に、どのように噛んでくるのかが皆目見当がつかなかったけれど――そしてそれを言うなら、波止場警部にしてみれば、犬も猫も似たような動物なんだからどっちでもいいんじゃないかとしか思えないのだけれど、そうだ、そう言えば、恋人同士だった容疑者と被害者の、喧嘩の種のひとつが、そんな内容だった。犬派か猫派かで、揉めていたとか……。

「えっと……、確か、容疑者は犬を飼っていたはずですから、まあ、犬派だったんじゃないですか？　そう思いますけれど」

「そうですか。ならばそれが動機ですね」

ちなみに私は猫派ですと宣言しながら、今日子さんは自信たっぷりにそう言った――

服を多少絞ったところでびしょ濡れ状態であることにさしたる変化はないので、表情だけが爛々と輝いているその様子は、不気味でさえあった。

動機？

いや、確かに喧嘩の理由のひとつであり、ならば殺人に至った理由のひとつでもあるのだろうが、まさかそれだけが殺人事件の動機だと見るのは、いくらなんでもいささか無理があるのでは——あくまでも、そういう小さなすれ違いが積もりつもって、殺人に至ったと見るべきなのではなかろうか？

「いえいえ、殺人の動機ではなく、自宅の近所の池に死体を沈めた動機ですよ——容疑者は、犬を飼っていたから、被害者を水没させたんですよ」

「…………？　⁇」

意味不明だった。

ひょっとすると、水中で息を止めたときに酸素が欠乏して、脳がうまく働いていないんじゃないだろうかと、にわかに心配になった波止場警部だったけれど、その先に続けられた今日子さんの、

「ですから、洗おうとしたんですよ——足だけではなく、全身、衣服や所持品ごとですけれど」

という台詞で、一気に視界が開けた。

池の水の透明度など、話にならないほどに。

「つ、つまり——えっと」

だが、ほとんど強制的に促された、閃きによる情報量が多過ぎて、すぐには整理しきれない——洗おうとした。

死体を。

池の水で——言われてみれば、なぜ思いつかなかったのか不思議なくらいだったけれど、水質がとてもいいとは言えず、沈むことさえ不衛生に思える溜め池と、『洗濯』なんてキーワードが、まるっきり繫がらなかった。

服も眼鏡も汚れてしまうような水で、容疑者は何を洗おうとしたのか——しかしそれは、とことこに至れば、明白だった。

多少の汚れならば、その場でティッシュでも使って落とせばよかっただろう——ゴミが服についたなら、つまんで取り除けばいい。

でも、そんなんじゃあとても足りなかった。

ちょっとやそっとじゃ落ちにくくて、全身を丸洗いするしかなかったほどの汚れと言えば、それは——

「ペ、ペ、ペットの毛、ですか——つまり、容疑者のペットの……」

「ふさふさの動物を飼っていれば、避けられない悩みですよねえ。出かけようとするたびに、コロコロってあれで、全身をクリーンナップしなくちゃいけなくって――それでも完全に除去することは難しいんですから」

「…………」

「そして、今時の科学捜査なら、動物の体毛一本からだって、DNAの特定はできるでしょう――そのDNAが容疑者の飼い犬と一致したら、間違いなく逮捕の決め手になってしまうでしょうね」

だから――丸洗いか。

全身を水に浸した――水死体。

隠すことが目的だったわけでも、損壊することが目的だったわけでもない――目的は死体を、『綺麗』にすることだった。

あとで浮かび上がってこようが、どうしようが、そんなことは二の次だった――死体が遠からず発見されるだろうことは、最初から含んでいた。重要なのはそのとき、被害者の身体から、まとわりついたペットの毛を払拭することだった。

「犯行がおこなわれた場所は、この近所の容疑者の自宅であり――それを隠したかった。そういうことですね？　動物の毛だらけの部屋で犯行が、突発的におこなわれ、倒れた被害者の全身や髪、傷口や洋服……、所持品にからんでしまった……、それをどうにかしたかった」

ならば、沈められたのが近所の池だったのは、土地勘があるとかどうとか、そういうことではなく、単純に『近いから』選んだというわけか――まさか自宅の風呂に沈めて、死体を洗いたくはなかったのだろう。それだと、最悪の場合、余計な痕跡を残すことにもなりかねないし……。

この池は、捨てる場所じゃなく、洗い場として選定されたのだ。

ならば近所のほうが便利だったのかもしれない。

「水死体だけに、罪を水に流そうとしたという波止場警部の推理は、あながちまんざらでもなかったということですよ――流そうと、もとい、洗い流そうとしたのは罪ではなく、動物の毛だったわけですが」

最後に今日子さんは、これから退職しようという波止場警部に花を持たせるようなことを言ってくれた――単なる愚見を、持ち上げるようなことを。

いや、この人は、いつだってそうなのだ。

功績を欲しない。

手柄に興味なんてない――あるのは、決して安くはないけれども、その身を危険に晒すにはあまりにもささやかな、まったく割に合わないとしか思えない報酬だけだ。

（探偵をやめたくなっても、その気持ちを忘れてしまう――いつまでも変わらず、探偵であり続ける。毎日毎夜、記憶を洗ってしまう今日子さんは、それゆえに、変わることもできない――）

「いえ、実を言えば、そうでもないんですけれどね？」

令状を取る口実はないでしょうけれども、とりあえずは容疑者の自宅を訪ねて、玄関付近に必ずあるだろうペットの毛をこれみよがしにピックアップして、容疑者の動揺を誘ってみてください――池に沈めての丸洗いで、本当にペットの毛が全部落ちたかどうか、きっと不安を感じているはずですから――と、それなりにえげつない、今後の捜査の指針を示してくれた上で、別れ際に、今日子さんは、そんなことを言って、カーディガンの袖をまくった。

そこには、太めのマジックでこう書かれている――『掟上今日子。探偵。25歳』。

彼女自身の筆跡だった。

「これの、ここを消してから、職場以外の寝床で、ぐっすり寝ればいいだけなんですから」

言って、『探偵』の部分を軽くこする――まだしっとりと濡れている肌の上で、その二文字は、軽くにじんだ。もう少し強くこすれば、あっけなく読めなくなってしまうだろう。

探偵でなくなってしまうだろう。

「さしずめこれが、私にとっての退職願なんですよ。忘却探偵にとって、退職願は書くものではなく、消すものなんです」

退色して真っ白になっていく、記憶のように。

そんな今日子さんの言葉を聞いて、波止場警部は、

(ボートで今日子さんが服を絞ったときに、上着ごと、しこたま濡れてしまったことだし——)

と、考えたのだった。

(——退職願は、書き直すことにしよう。どうせ辞めるにしても、せめて、忘れてはならないわたしの気持ちで、取り消すことのできないわたしの言葉で)

(掟上今日子の水死体——忘却)

本書は二〇一五年十二月、小社より単行本として刊行されました。

|著者|西尾維新　1981年生まれ。2002年に『クビキリサイクル』で第23回メフィスト賞を受賞し、デビュー。同作に始まる「戯言シリーズ」、初のアニメ化作品となった『化物語』に始まる〈物語〉シリーズ、「美少年シリーズ」など、著書多数。

掟上《おきてがみ》今日子《きょうこ》の退職願《たいしょくねがい》
西尾《にしお》維新《いしん》

2020年６月11日第１刷発行

発行者――渡瀬昌彦
発行所――株式会社　講談社
東京都文京区音羽2-12-21　〒112-8001
電話　出版（03）5395-3510
　　　販売（03）5395-5817
　　　業務（03）5395-3615
Printed in Japan

講談社文庫
定価はカバーに
表示してあります

デザイン―菊地信義
本文データ制作―講談社デジタル製作
印刷―――凸版印刷株式会社
製本―――株式会社国宝社

ISBN978-4-06-519737-0

講談社文庫刊行の辞

二十一世紀の到来を目睫に望みながら、われわれはいま、人類史上かつて例を見ない巨大な転換期をむかえようとしている。

世界も、日本も、激動の予兆に対する期待とおののきを内に蔵して、未知の時代に歩み入ろうとしている。このときにあたり、創業の人野間清治の「ナショナル・エデュケイター」への志を現代に甦らせようと意図して、われわれはここに古今の文芸作品はいうまでもなく、ひろく人文・社会・自然の諸科学から東西の名著を網羅する、新しい綜合文庫の発刊を決意した。

激動の転換期はまた断絶の時代である。われわれは戦後二十五年間の出版文化のありかたへの深い反省をこめて、この断絶の時代にあえて人間的な持続を求めようとする。いたずらに浮薄な商業主義のあだ花を追い求めることなく、長期にわたって良書に生命をあたえようとつとめるところにしか、今後の出版文化の真の繁栄はあり得ないと信じるからである。

同時にわれわれはこの綜合文庫の刊行を通じて、人文・社会・自然の諸科学が、結局人間の学にほかならないことを立証しようと願っている。かつて知識とは、「汝自身を知る」ことにつきていた。現代社会の瑣末な情報の氾濫のなかから、力強い知識の源泉を掘り起し、技術文明のただなかに、生きた人間の姿を復活させること。それこそわれわれの切なる希求である。

われわれは権威に盲従せず、俗流に媚びることなく、渾然一体となって日本の「草の根」をかたちづくる若く新しい世代の人々に、心をこめてこの新しい綜合文庫をおくり届けたい。それは知識の泉であるとともに感受性のふるさとであり、もっとも有機的に組織され、社会に開かれた万人のための大学をめざしている。大方の支援と協力を衷心より切望してやまない。

一九七一年七月

野間省一

講談社文芸文庫

古井由吉
野川
解説=佐伯一麦　年譜=著者、編集部

東京大空襲から戦後の涯へ、時空を貫く一本の道。老年の身の内で響きあう、生涯の記憶と死者たちの声。現代の生の実相を重層的な文体で描く、古井文学の真髄。

ふA12
978-4-06-520209-8

古井由吉
詩への小路　ドゥイノの悲歌
解説=平出　隆　年譜=著者

リルケ「ドゥイノの悲歌」全訳をはじめドイツ、フランスの詩人からギリシャ悲劇まで、詩をめぐる自在な随想と翻訳。徹底した思索とエッセイズムが結晶した名篇。

ふA11
978-4-06-518501-8

2020年3月15日現在